書下ろし

竹笛

橋廻り同心・平七郎控⑮

藤原緋沙子

祥伝社文庫

目次

浅草寺
吾妻橋
大川（隅田川）
神田川
両国橋
海辺大工町代地
新大橋
柾木稲荷
万年橋
海辺大工町
小名木川
清住町代地
海辺橋
仙台堀
永代橋
松永橋
永堀町
今川町
油問屋『難波屋』

『竹笛』の舞台

伊勢町堀
西堀留川
東堀留川
親父橋
てりふり町
甚右衛門町
「つくつく法師」
江戸城
北町奉行所
南町奉行所
三十間堀八丁目
蠟燭問屋『巴屋』
浜松町
丸薬屋『難波屋』
北
西
東
南

地図作成／三潮社

第一話　竹笛

一

「暑い暑い、もう冗談じゃないよ、この暑さ……あっ、平さん、あそこで一服、どう？」

北町奉行所同心、平塚秀太ははだけた胸元をパタパタ扇いでいた扇子で、柾木稲荷の境内に見える『みずがし』の幟を指した。

平さんとは、かつて定町廻りの黒鷹と呼ばれていた同心の立花平七郎のことだ。

訳あって橋廻りとなり、毎日橋床や欄干を木槌で叩いて点検して廻っているが、事件探索の腕は今もって鈍ることはない。

橋廻りを務めながらも、関わることになってしまった犯罪者への追及捕縛は、定町廻りの連中が舌を巻く活躍をしているのだ。

それもあってか、定町廻りでは役立たずと言われている工藤豊次郎と亀井市之進が、臨時の橋廻りにと平七郎のもとに送られて来た。

他でもない、平七郎に探索の「た」の字から、たたき込んでくれというものだった。

だがその二人は、今日は定町廻りの上役に呼び出されて奉行所に出向いているから、橋廻りは秀太と二人だけである。

久しぶりに深川一帯の橋を点検して帰路についたところだった。

秀太の心は弾んでいた。なにしろ厄介者で気を使う者が二人いるのといないのとでは、仕事の捗りようが違うのだ。

平七郎と秀太二人なら「つうと言えばかあ」……視線を交わしただけで互いの気持ちが通じるのだ。

「しかし、あの柾木は、樹齢何年になるんでしょうかね。子供の頃も、よくここまで遊びに来たものですが、その頃から大木でしたからね」

秀太は懐かしそうに言った。

秀太の実家は、深川で材木問屋をやっている。同心になったのは定町廻りに憧れて父親に同心株を買ってもらったからだが、町人あがりの秀太が同心の花形である定町廻りに就ける筈もなく、橋廻りを命じられて木槌を持って歩き回っている。

だが秀太は、平七郎に出会って考えが変わった。平七郎を師として仰ぎ、一緒に仕事をすることにやりがいを感じている。

「確かに大木だな」

平七郎も歩きながら、改めて稲荷にそびえる柾木に目をやった。

柾木稲荷とは、小名木川の流れが大川（隅田川）に注ぐところに架かっている、万年橋の北側袂にある。

社地は三十五坪、境内には高さ九尺（約二・七メートル）余の柾木が枝を伸ばしていて、大川から小名木川に入る船の目印になっている。

その柾木の木陰を利用して、物売りが年中店を開いているが、夏になると、みずがし売りが陣取っている。その出店の幟が、境内に靡いているのだ。

「よし、丁度喉も渇いている」

立花平七郎も、日射を仰ぎ見て秀太に言った。

そうと決めたら……と、二人は万年橋を渡り始めた。

長さ二十二間（約三九・六メートル）、幅は二間（約三・六メートル）、大川端を通行するには無くてはならない重要な橋だ。

そして、橋の下を流れる小名木川も、江戸に塩を運んで来る大切な川で、いわば『塩の船路』と言われている。

徳川家康（とくがわいえやす）がこの江戸に入ってきて真っ先に手を付けたのが、この川の掘削（くっさく）だった。塩を精製している行徳（ぎょうとく）の地に通じる船の路を確保しようとしたのである。掘削した距離は、万年橋が架かる川口（かわぐち）から船番所のある中川（なかがわ）までおよそ一里と十町（約五・〇九キロ）、更（さら）にその先へ一里と二十町（約六・一八キロ）を掘り進み、利根川（とねがわ）に水路を繋（つな）げ、行徳から船で塩を運ぶことが出来るようになったのだ。

川の両岸は土手になっていて、この季節は夏草が茂り、川筋に涼景の帯を作っている。

「平さん早く……」

秀太は平七郎を促（うなが）して、橋を渡り、柾木稲荷の境内に走り込んだ。

すると、若い男が景気の良い声で、

「旦那（だんな）方、西瓜（すいか）、冷えてますぜ、いかがですか」

媚（こ）びを含んだ笑みを送って来た。

みずがし売りは、空（あ）き樽（だる）二つを使って板を渡して台を作り、その台に等分に切った西瓜を並べて売っている。

「おっ、桃（もも）もあるな」

秀太は台の側にある籠の中を覗いた。

「へい、桃も食べ頃です。こっちの籠には真桑瓜もありますぜ」

若い男は、もうひとつの籠を指す。

「まずは西瓜をくれ、幾らだ？」

秀太が一切れの西瓜を平七郎に渡し、自分も一切れ取り上げた。

「へい、二つで十六文頂きやす」

若い男は、手をこすりながら上目遣いに言った。

「一切れ八文か、少し薄いんじゃないのか……」

秀太は銭を若い男の掌に落としながら、切り方に文句をつけた。

だが敵も然る者、

「旦那、どこでもそんなもんでございやすよ。それにね、うちのは甘いんだから。余所の西瓜とはひと味違いますぜ」

若い男が言うまでもなく、確かに、

「うむ、確かに甘みがあるな」

平七郎は、かぶりついてすぐに言った。

「へい、ありがとうございやす。しかし旦那方も大変でございますね。今日はなにか……また、殺しでもあったんですか」

若い男は、興味津々の顔だ。

「いや、ただの見廻りだ」

秀太が、ぷっと西瓜の種を掌に受けて、

「そうでしたか、見廻りでね……すると旦那方は定町廻りってえいうお役人の花形の……」

きらりと憧憬の眼差しを向けてきたが、

「いや、俺たちは橋廻りだ」

すぐさま平七郎が、懐から木槌の頭を出してちらりと覗かせると、

「へっ、橋廻りでございやすか」

驚いた顔で若い男は聞き返した。だがすぐに、その眼差しからは憧憬の色は消えていた。まずいことを聞いてしまったというような困惑さえある。

秀太は、むっとして言った。

「何だ、その顔は……俺たちが念入りに橋を点検しているからこそ、皆安心して渡れるんじゃないか」

「へい、ごもっともでございやす。町奉行所の皆様が出張って下さっているから

こそ、あっしたち町人は安心して暮らしていけるのでございやすよ」
若い男はそう告げて、時にこの橋の袂から罪人を乗せた艀船(はしけぶね)が出発すること
があるが、その様子を見ていて、つくづくそう思うのだと言い、
「気を悪くなさらないで下さいやし。いや実は、この春のことなんですが、その
頃は、あっしはここで甘酒を売っているんですがね、そこの万年橋の橋桁(げた)に男の
死体が引っかかっていたんでございやすよ」
若い男は顔を曇(くも)らせる。
「入水(じゅすい)か？」
秀太は険(けわ)しい顔になる。
「お役人の話じゃあ殺しだと言っていやしたね。殺して川に投げ込まれたんじゃ
ねえかって……」
「殺し……しかも橋桁に引っかかっていたのなら、こっちにも報(しら)せがある筈(はず)だ
が、その役人というのは南町の者か……」
「へい、南町の旦那でした。その旦那はその後も何度かこの近辺を調べていたよ
うでしたが、一ヶ月ほどで姿を見なくなったものですから、殺された人はどこの
誰で、下手人はどんな奴(やつ)だったのか、以来気になっておりやして……」

「殺されていたのは侍か、それとも町の者か？」

平七郎も西瓜をもぐもぐ食べながら訊(き)く。

「町の者です。それもどこかの店(たな)の主(あるじ)のような身なりでした。上物の着物を着ておりましたからね……」

「ふむ、まっ、南町なら俺たちの耳には入ってこないこともある。俺たちは北町の者だからな」

秀太が憮然(ぶぜん)として言ったその時、

「ああ……死ぬ気だ！」

若い男は、突然大声を上げて万年橋を指した。

平七郎も秀太も、何事かと渡って来たばかりの万年橋に視線を投げた。

すると、橋の中程で若い女が橋の下の流れをじっと見詰めているではないか。

しかもその様子は、単に川の水を眺めているというようなものではなかった。切羽(せっぱ)詰まった異様な雰囲気は、離れているこちらにも伝わって来た。

「秀太！」

平七郎は秀太を促してすぐに柾木稲荷を走り出た。

二人は万年橋まで一気に走る。そして、橋の上を飛ぶようにして進み、橋床の上に草履を脱いで揃え、欄干に体の上半身を乗せようとした女の体を、すんでのところで押さえて橋床に引き戻した。

「馬鹿な真似はよせ！」

一喝すると、女は声を上げて泣き始めた。

「何があったか知らぬが、死んで花実が咲くものか。落ち着け、落ち着くのだ」

平七郎は膝を落として、女を座らせ、俯いている女の顔を覗いた。

江戸の者ではないなと思った。日焼けした顔に化粧っ気もなく、格子柄の木綿の着物を着ているが、それが埃っぽくて汚れも目立つ。田舎から出て来て間もない女のようだった。

「さあ、涙を拭いて……履き物を履きなさい」

平七郎は優しい声で言った。

「この店は遠慮はいらぬぞ。目の前の餅菓子を食べろ。お茶も頂け。まずは腹を満たすことだ、それから話を聞こうじゃないか」

平七郎は、よみうりの『一文字屋』の居間で、黙って俯いて座る女に言った。

万年橋で投身自殺をしようとしていた女を助けた平七郎と秀太は、有無を言わさず女を一文字屋に連れて来た。

永代橋で茶屋を営むおふくの店に連れて行こうかと一瞬考えたが、おふくの店には仙吉という少年の面倒を頼んでいる。

平七郎が関わった事件で孤児になった少年で放ってはおけず、板前になりたいという仙吉の希望を叶えてやりたくて、修業がてらおふくの店に頼んだのだった。

続けて女の厄介を持ち込むのは気が引けた平七郎は、よみうり屋のおこうの店に連れて来たのだった。

おこうは、快く引き受けてくれたばかりか、女が腹が空いていてはと気を配り、通いの女中のお増に餅菓子とお茶を出させたのだった。そのお増も気の毒そうな表情で、離れた場所で見守っている。

おこうは、ちらと平七郎たちに視線を投げてから、女の顔を覗いて言った。

「この方たちは北町の立花様と平塚様、お二人とも弱い立場の人の味方です。だから安心して……」

すると女はようやく小さく頷いた。

平七郎と秀太は、すこしほっとして顔を見合わす。

「すみません、ご心配をかけて……」

女は顔を上げて、平七郎と秀太に言った。

「うむ、少し落ち着いたかな。いったいどうして、あんな短慮なことをしようとしたのだ？」

平七郎は訊く。

「私はおなみといいます。上野国(こうずけのくに)から参りました。実は二世(にせ)を誓った人がいて、その人を捜すために、ひと月前にやって来たんです。でも、見付からなくて……それに、持参したお金も使い果たしまして……国に帰ろうにも暮らしていた長屋を払って出て来たものですから、行く所がないのです」

もう死んだ方がましではないか、いやいやまだ諦(あきら)めるのは早いと、一歩足を運ぶたびに心は千々(ちぢ)に乱れていたこの数日。身投げするしかないのだと背中を押したのが昨夜の出来事だったのだと語り始めた。

行く当てもないおなみが昨夜、両国橋(りょうごくばし)の西詰で石灯籠(いしどうろう)の明かりを頼りに石の上に腰掛けて途方(とほう)にくれていた時のことだった。

酔っ払った男三人が近づいて来て言ったのだ。

「女、相手をしてやってもいいぞ。金が欲しいんだろ……」

一人の男が、おなみの顔を覗いて笑った。すると今度は別の男が、

「行く当てがなくて困ってるんだろ……世話してやろうじゃないか……金が稼(かせ)げるところをよ。そんなうすぎたねえ着物じゃなくて綺麗な着物を着て、食いものだって心配いらねえんだぜ……どうだ？」

にやりと笑って、おなみの肩に手を掛けた。

おなみは、咄嗟(とっさ)に立ち上がって叫(さけ)んでいた。

「馬鹿にしないで！」

そして、三人を振り切るように一方に走った。

背後から男たちの卑猥(ひわい)な笑いが追っかけて来るのを振り払いながら、おなみは走った。走っていくうちに、おなみの目から涙が溢(あふ)れてきた。情けなくて口惜(くや)しくて、おなみは涙を拭きながら走った。

やがて男たちの声が遠くになり、どこかも分からない町の暗闇に身を隠した時、おなみは思ったのだ。

——こんな思いまでして……。

私の未来はもう無い、一点の明かりさえ見当たらないと。もはや生きていてもしょうがないのだと。

「それで今日になって、あの辺りをふらふらしているうちに、ふっと大川に身を投げれば苦しみも憎しみも無くなるのだ、そう思ったんです」

おなみは、力の無い笑みを漏らした。

「おなみさん、二世を誓ったっていうお相手の名は？」

おこうが尋ねる。

「圭次郎という人です」

「そう……で、圭次郎さんが暮らしている所に行ったんだけど、そこにはもういなかったってことですか？」

「はい、三年前国を出た圭次郎さんから、江戸に着いた、所も決まったと文をくれたことがあるんです。でも、一年前から文が途絶えて、おかしいなとは思っていたんです。この目で確かめたいと思って、文にあった長屋を訪ねたのですが、一年も前に引っ越したということでした。どこに引っ越して行ったのか大家さんに聞いてみましたが知らないということでした。私の不安は当たってしまったのです」

おなみは肩を落とす。

「約束していたのなら酷い話ね」

おこうは平七郎に視線を向けた。

「たしかに妙な話だな。圭次郎という者の身に何かあったのかもしれぬな」

平七郎が言う。何か……という言葉に、おなみは反応して、みるみる血の気が引いていく顔になった。

「いやいや、心配させようと思って言ったのではないのだぞ。そなたの話から考えられるのは、圭次郎の身に何か異変が起こって……それでそなたへの文が途絶えた、ということだ。心当たりはないのか？」

平七郎は、おなみの顔を見る。

「ええ……」

心細そうなおなみである。

「いったい圭次郎というその男は、この江戸で何をしようとして出て来たのだ？」

秀太が言った。

「小体（こてい）な店の一軒も開きたいって……江戸でひと旗揚（はたあ）げたいのだと……それで私も、当時持っていたありったけのお金を預けたんです」

「何だって……幾（いく）ら預けたのだ？」

秀太は呆れた顔でおなみを見て、

「そんなに簡単に店が開けるものか……ツテでもあれば話は別だがな……」

「でも、あの人、おっかさんを半年前に江戸に呼んでいるんです。ですからきっとお店を持ったことだけは確かなんです」

おなみの顔には、どうしても納得できない不満の色が漂っている。

圭次郎からの文が途絶えたため不安になったおなみが、圭次郎の消息を摑(つか)むために、圭次郎の母親のおつねという人を、隣町の長屋に訪ねてみると、もうその長屋におつねはいなかったのだ。

長屋の者たちの話では、おつねは倅(せがれ)の圭次郎が江戸に呼んでくれたんだと言い、倅は親を呼ぶほどに江戸で成功しているのだと自慢していたらしいのだ。

それを聞いたおなみが愕然(がくぜん)としたのはいうまでもない。

――なぜ母親を呼んで私を呼んでくれなかったのか……。

もう私を想ってはいないのか……あの約束は反故(ほご)にされてしまったのか……いやいや、女の人が出来たのではないかと、あれこれ考えれば考えるほど圭次郎に対して不信と怒りが膨(ふく)れあがって、

「それで私、思い切って出て来たんです。会ってきちんと訳を聞きたいと、問い

詰めたいと思ったんです。そうしなければ私、次の一歩が踏み出せないと思ったんです。でも、お金も無くなってしまって、手がかりも全く無い。どんどん気持ちが落ちこんでしまって……口惜しいです」

きっとおなみは顔を上げた。

「気持ちは分からないわけではないが、おなみさんが死んでしまったら、お国にいるご家族の方が悲しむのではありませんか」

おこうは慰めるように言う。

「いえ、家族はおりません」

おなみの頰（ほお）に寂（さび）しげな影が差す。

三月（みつき）前までおなみには母がいた。母一人子一人の家庭だった。力を合わせて暮らして来たが、二年前から病に伏せるようになり、三月前に亡くなったのだ。

「亡くなる時に母は私のことを案じて――自分が死んだら江戸にお行き、そして圭次郎さんと一緒に暮らすんだよ、おっかさんはお前の幸せを祈っているから――そう言ってくれたんです」

おなみは、言葉を詰まらせて、

「でもう、お仕舞いです……そんな気がします」

力尽きたという顔で、おなみは深いため息をついた。

「まだ諦めるのは早いのではないかな。圭次郎という者の消息を摑むことができれば、なぜそなたを呼び寄せなかったか分かる筈だ。我らも手を貸そうじゃないか」

平七郎の言葉に、おこうも頷き、

「そうですよ、おなみさん、うちで働いてみませんか。働きながら圭次郎って人を捜せば良いでしょ。決めた、そうしましょう」

おこうは明るく言って膝を叩く。

「おこうさん……」

意外な言葉を貰って、おなみは驚いたようだ。

「この店は、ごらんの通りのよみうり屋です。今は私以外は男ばかりできりもりしているんですが、女には女の目で気づくことも多々あります。よみうりの記事だって女の目で見た話を載せられれば、買ってくれる人も増えると思います。私の手助けをしてくれませんか」

「良いのですか……私にできるのでしょうか」

おなみの顔に、小さな灯がともったようだった。

「ええ、大丈夫。お店のこともそうですし、洗濯、掃除に食事の支度と、今はお増さん一人の肩に掛かっています。男どもは洗濯も掃除もしないから、そこらへんを汚しても、ほっぽらかして平気ですものね。お願いできる仕事はたくさんあります」

おこうの言葉に、おなみは手をついた。

「ありがとうございます。よろしくお願いいたします」

二

御府内一帯に雷がとどろき、大粒の雨がまる一日降り続いた翌日、平七郎は筆頭与力の一色弥一郎に呼ばれて、北町奉行所の一色の部屋に向かった。

――なんだこの香ばしいかおりは……。

一色の部屋からは例によって正体不明のかおりが洩れてきている。

この忙しい時に、またほうろくで煎った珍味とやらを食せというのかと、ほとほと一色のお気楽さに怒りさえ覚えながら、

「一色様、遅くなりました」

廊下に膝をつくと、

「おお、来たか来たか」

入れと手招きをする。

「昨日の雨で川が荒れて、通行止めになっている橋があります。珍味の御相伴なら他の者に命じて下さい」

釘を刺して引き返そうと立ち上がりかけると、

「待て、大事な話があって来てもらったのだ。入れ、命令だ」

一色はむきになって語気を強めた。

しぶしぶ部屋の中に入ると、陶器の平皿に、茶色くなった煎った物が盛り付けてある。甘辛い香ばしい香りの正体は、やはり一色が煎った、この目の前の物のようだ。

「これは米を煎ったものだ。米を水に漬けてから水切りをして、それから煎ってな、醬油と砂糖の甘辛のタレを掛け、もう一度ゆっくりと水分が無くなるまで煎ったものだ。まあ、手のこんだ高級な菓子だな。我ながら満足している。実に美味い。土産に包んでやるから、持って帰ってゆっくり味わえ」

やはりまずは、煎り物の自慢だ。

「そんな嫌な顔をするな。おまえさんを一番身近に感じているから勧めるのだぞ」

機嫌を取るように言ってから、

「まあいい、今日来てもらったのは他でもない。例の二人の話だ」

俄に真剣な顔になった。

例の二人とは、亀井市之進と工藤豊次郎のことだ。

「二人に何か不都合なことでも……先日上役に呼ばれたようですが、まだ顔を合わせておりませんので聞いていないのですが」

平七郎は一色の顔色を伺った。

二人が上役に呼ばれてから三日ほどが経っているが、まだ橋の点検に出てきていない。

だが今日は、雨後のあとの橋廻りで忙しい。

二人には、手が空いているのなら手分けして点検してほしいと、ここに来る前に使いを出しておいたのだが、今頃秀太を手伝ってくれているのかどうかは分からない。

「ふむ……二人は定町廻りを外されたのだ」

一色は苦笑した。

「外された……今だってそうじゃないですか。橋廻りに回されてきているんですから」

「いや、これまでは、お前さんに鍛えてもらってから定町廻りに戻すつもりだったようだ。ただ、亀井と工藤が橋廻りに回されたあとに、若い二人に手伝わせていたようだ。定仲役(じょうなかやく)の者だ。ところがやらせてみると役に立つ。頭も切れるし俊敏だ。剣も立つようだから申し分ない。そこで亀井と工藤を外し、その者たちを正式に定町廻りにしようということになったのだ」

そういう話だったのかと、平七郎は二人の胸の内を推し量(おしはか)って、さぞかし落胆しているだろうと思った。

「で、亀井さんと工藤さんは、どこに異動したのですか……行き先は決まったんですね」

平七郎は尋(たず)ねる。

「定仲役だ」

一色は言った。

「定仲役……」

平七郎は呟く。

「おぬしも知っての通り、定仲役というのは決まった任務がある訳ではない。忙しいところを助力する、それが仕事だ」

「二人は納得したんですね」

平七郎は尋ねながら、納得も何も、異動は命令だと分かっている。

「しぶしぶ承諾したようだ。承諾する代わりに、二人はこう言ったというのだ。いつでもどこにでも手伝いに行く。ただ自分たちは助太刀のない日には、橋廻りをやると……」

一色は、にやりと笑って、

「よほど橋廻りが気に入っているようだな」

平七郎を見た。

平七郎が苦笑を返すと、

「いや、流石に立花だと、わしは感心した。あの二人が慕うのだからな、お前さんに預けたわしの眼鏡に狂いはなかったということだ」

一色はいつになく平七郎を褒め、ふところ紙を出して、平皿にある煎った米を入れて包み、平七郎の膝前に置いた。

持って帰って味を見ろということらしい。

「美味いぞ、これは菓子だぞ」

そう付け加えてから、また二人の話に戻った。

「二人に異動を言い渡した与力の話によると、あの二人じゃなく他の者なら、橋廻りを手伝いたいなどと勝手な言い分など聞けぬと一喝するところだが、奴ら二人は、さる旗本(はたもと)と縁深き者、これまで定町廻りに籍を置いていたのも、後ろ盾があったからだ。だからこのたび、二人がすんなりと定仲役への異動を承諾してくれたかわりに、定仲役が手すきの時には橋廻りを手伝っても差し支えない。それぐらいの希望は聞いてやらねばなるまいということだったらしいぞ」

一色はそう説明する。

「すると、この先は定仲役から橋廻りへの出向ということですか」

「さよう、承知しておいてくれ」

承知しましたと平七郎は頷いたが、二人はさぞや消沈しているのではないかと、その胸中に思いを馳せた。

亀井と工藤が定町廻りの厄介者だったことは分かるが、だからと言って、お払い箱のように定仲役に異動させられたのだ。気の毒という他はない。

平七郎もかつて定町廻りだった。だが、目の前にいる一色の失態を被らされて橋廻りに役替えになったのだ。

その折の落胆と憤りは、未だ忘れることはない。

「では……」

平七郎は、一礼して立ち上がった。

「待て待て、忘れ物だ」

一色はわざわざ立ち上がって歩み寄り、ふところ紙の包みを平七郎の手に握らせた。

――まったく……。

平七郎はふところ紙の包みを袂に入れると、苦笑しながら玄関に向かった。だが外に出ようとして、

――また降ってきたのか……。

表に水しぶきが上がっているのが分かった。止んだと思っていた雨が、また降ってきたようだ。

「平さん……」

そこによみうり屋の辰吉が駆けよって来た。

平七郎が用を済ませて出て来るのを待っていた様子だ。

「どうした……何かあったのか？」

平七郎は尋ねながら雪駄に足を入れる。

「秀太の旦那からの伝言です。深川の仙台堀で材木を積んだ伝馬船が転覆して材木が堀に投げ出され、その材木が橋桁に引っかかって船が航行できなくなっている。御用が済んだら、すぐに仙台堀まで来て欲しいと……」

「分かった」

平七郎は頷いた。

辰吉は、平七郎にと持参してきた傘を差し出したが、平七郎はふっと考えてから、奉行所内に引き返した。

そして所内の備品部屋から桐油紙合羽と菅笠、それに藁草履を持ち出して来て玄関脇で身に着けると、雨の中に踏み出した。

「なんと、これは……」

仙台堀に駆けつけた平七郎は、上の橋から堀を眺めて絶句した。

堀は材木で埋められているといっていい。海辺橋の向こうからこちらまで、あっちにもこっちにも材木が散乱している。

堀の両岸には大勢の木場の男たちが上半身裸になって、流れていこうとする材木に縄を掛け、引っ張って、そこで筏を組んだり、また土手に引き上げて積み重ねていたりと大忙しだった。

この仙台堀の東には沢山の木置場がある。各地から運ばれて来た材木は、伝馬船で運ぶか筏に組んで運ぶかだが、このたびはどうやら伝馬船に載せて運んでいた材木が、船の転覆とともに堀に投げ出されたようだ。

「平さん、こっちこっち！」

秀太の声に気づいて視線を投げると、今川町の河岸地から大きく手を振っていた。秀太も桐油紙合羽を身につけて、菅笠を被っている。

平七郎は手を上げて返事をすると、河岸地に下りて行った。

「大変なことになったたな」

平七郎が見渡して言った。

「材木が崩れないように掛けていた麻縄が切れたらしいんです。過重な積載もあったのだと思われます。雨も激しかったし堀も荒れていたようですから、材木が崩れて船が均衡を失い、引っくりかえったようですから……」

「そうか、難儀だな。また雨が降ってきた……」

「なんとか暗くなるまでには終わるようですよ。それより、見て下さい」

秀太は、河岸地で材木の積み上げを手伝っている男たちを指した。

「あれは……」

平七郎は驚いた。目をこすって見直したが、
木場の男たちに交じって、雨に打たれながら材木と格闘しているのは、紛れもなく亀井市之進と工藤豊次郎だったのだ。

「豊さんと亀さん」

平七郎は、あんぐりと口を開けて秀太を見た。秀太は頷いて、

「私は止めたんですけどね。大丈夫だって聞かないんです。雨に打たれて木場の者たちと働くのは楽しいなんて言ってね。平さん、どうやらあの二人、先日上役に呼ばれた時に、何か嫌なことのひとつも言われたらしくって、やけっぱちになっているんじゃないかって思うんですが……」

秀太は苦笑した。

「秀太、あの二人は定仲役に役替えになったようだ」

平七郎の言葉に、

「えっ……」

秀太は驚き、

「そうか、それで……二人にとっては衝撃だったんでしょうね」

秀太は同情したようだ。雨に打たれながらがむしゃらに働く二人を、しみじみと眺める。

「定仲役だが、これまでと同じように時には橋廻りに加勢したいと言ったらしい。許可も貰ったようだ」

平七郎も言いながら、二人の姿を追った。

何かを吹っ切るように働く二人の姿には、これまでにない何か悲壮なものさえ窺える。

平七郎は、二人に近づいて声を掛けた。

「なれないことをすると体を痛めるぞ」

すると二人は、笑顔を見せて、

「なあに、これしき……任せてくれ」

豊次郎が腕に力こぶを作って笑って見せると、市之進も同じように腕を捲って見せて笑った。

平七郎も秀太も、思わず胸が熱くなる。

二人に引きずられるように、平七郎も手伝ってみたが、とてもではないが、材木を扱うのは無理だと分かった。

その場を仕切っていた親方にも笑われて、

「旦那、止してくださいまし。かえってこっちが気を使ってはかどらねえ。雨も小降りになってきやしたし、日の暮れる頃には終わりやすから、ご安心を」

そう言われては手を出すことは出来ない。

空を仰いで雨が止むのを祈っていたが、親方の言った通り、七ツ（午後四時頃）の鐘が鳴る頃には、雨も止み、仙台堀に浮かんでいた材木は全て綺麗に片づけられた。

平七郎たちはいったん役宅に帰って着替え、工藤たち二人も誘っておふくの店に繰り出した。

「まあおそろいで、いらっしゃいませ。お久しぶりでございますね」

おふくが笑顔で迎えてくれると、すぐに仙吉が板場から出て来て、

「いらっしゃいませ」

ぺこりと頭を下げた。

「どうだ、少しは包丁の使い方も会得したのか」

秀太が訊く。

「はい、今は芋の皮を剝いたり、いろいろ……」

仙吉は笑顔で答える。まだ十三歳の少年だが、数ヶ月会わないうちに、すっかり顔が引き締まり、表情も明るくなっている。

おふくの店での暮らしが、仙吉にとってどのようなものか想像できる。

「板さんは仙吉に期待しているんですよ。仙吉がお料理を提供できるには、まだまだ時間がかかりますが、どうぞ気長にお待ちくださいませ」

おふくは仙吉の肩に手を置いた。まるで我が倅の自慢をしているように見える。

「仙吉、上役から貰った菓子だ。美味いかどうか分からんが……」

平七郎は、一色から貰った包みを仙吉の掌に握らせた。

仙吉は握らせてくれた包みをじっと見詰めていたが、潤んだ目で平七郎を見上げて、

「ありがとうございます」

歯切れ良く言い、もう一度頭を下げると、おふくと板場の方に戻って行った。

すぐに小女が小松菜のおひたしと酒を運んで来た。

平七郎たちは互いに酒を注(つ)ぎ合って、まずは乾杯して飲み干した。

「平さん……」

工藤豊次郎が盃(さかずき)を置くと、改まった顔で平七郎に言った。

「もう話は聞いていると思うが、俺たち二人は、定町廻りを外されたんだ、追い出されたんだ」

すると今度は亀井市之進が、

「初めからそのつもりだったんだ。橋廻りに我ら二人を出向させた折から、追い出す機会をうかがっていたんだ」

恨みがましい目で告げた。

「うむ、話は今日一色様から聞いた」

平七郎は頷いて言い、

「落胆した気持ち、怒り、それは分かるが、定仲役でいいじゃないか……定町廻りだけが同心の役目ではない。御府内の町民の暮らしを守っているのは、この橋廻りだって同じこと、定仲役だってそうだろう。役目に優劣は無い。この江戸の人々の暮らしを守る、それが同心だ」

　不満を抱いている二人の顔に、平七郎は言った。

「平さんの言う通りだ。私も橋廻りを言い渡されてがっかりしていたけど、今じゃあ、平さんと仕事が出来ることを有り難く思っている。だって定町廻りが見逃したり、手を焼いている案件をいくつも解決しているんだから。それは亀さんも豊さんも、知っての通りだ」

　秀太も慰(なぐさ)める。これまでにない二人への感情が湧いてきたようだ。

　工藤と亀井は口を固く引き結ぶと、大きく頷き、

「平さん、秀太、俺たち二人は、役替えにはなったが、この橋廻りの仕事は続けていっても良いと許可を貰っている。よろしく頼むよ」

　工藤が言った。そして二人は頭を下げた。

「こちらこそだよ、なあ平さん。豊さんも亀さんも、追い出した奴らの鼻を明かしてやる気持ちでいるんだろ」

　秀太の鼻息は荒い。

「秀太……」

　工藤が泣きそうな顔になる。

亀井は悔しさを振り払うように、ぐいと酒を呷った。そしてまっすぐ平七郎を見た。やってやるぞ、とその目が言っている。

平七郎は大きく頷くと、皆の盃と自分の盃になみなみと酒を注いだ。そしてその盃を手に取った。

「二人の新しい門出を祝おう」

すると秀太も、亀井も工藤も盃を取った。

四人は頷き合って手にある酒を飲み干した。

三

非番となり、団扇を手に、だらだらと昼寝を楽しんでいる平七郎の耳に、けたたましい蟬の声と木を割る音が聞こえてくる。

蟬の声は庭にある桜の木にやって来たあぶら蟬のもので、木を割る音は喜助という者が斧を使っているからだ。

父の代からいる下男の又平は、すっかり年老いて力仕事は出来なくなった。

そこで隣の役宅に住む同心の浅香善治郎の妻女から紹介してもらった喜助に

頼み、薪(まき)割りや草引きなど力のいる仕事をやってもらっている。

ただ喜助は百姓だ。田畑仕事の合間にやって来て手伝ってくれているが、いつまでも頼りにする訳にはいかない。

ゆくゆくは又平のあとを継ぐ下男を雇わなければならないのだが、そうすると又平が居づらくなるのではないかと、母の里絵(さとえ)は悩んでいる。

ぼんやりとそんなことを考えながら庭に降る陽炎(かげろう)を眺めていると、その視界の中に不意に又平の顔が現れた。

「旦那様、辰吉さんが参りました」

又平は、平七郎の弛緩した顔に呼びかけた。

「何、辰吉が……」

ゆっくりと平七郎が起き上がると、

「はい、なんだか急いでいるようでございますよ」

「分かった。こちらに来てもらってくれ」

平七郎は立ち上がって、

「麦茶も頼む」

又平に伝えて縁側に出たところに辰吉が庭の方から入って来た。

「平さん、おくつろぎのところをすまねえ。おなみさんが行方知れずになりやして」

辰吉は憔悴した顔で言った。

「何があったのだ……」

平七郎は、縁側に腰を掛けるよう勧めて尋ねた。

数日前に平七郎は、おなみの様子を見るために一文字屋を訪ねている。

その時には、おなみは浅吉たちに混じり、皆が摺り上げたよみうりを、部屋の中に縦横に渡した紐にぶら下げて乾かしていた。

その姿は嬉々としていて、前垂れに襷を掛けた凜々しい姿もよく似合い、

――ああ、これでもう大丈夫だ。

平七郎は、そう思ったものだ。

「おなみは店になじんでいて楽しそうだったじゃないか」

平七郎は言い、又平が運んで来た麦茶を手に取った。

「へい、おっしゃる通りで、おなみさんは随分と良く働いてくれていやした。それで近頃では得意先への使いもやってもらっておりやした。ところが昨日のことですが、日本橋界隈の大店数軒に集金に行ってもらったんです。店を出たのが昼

過ぎ、ゆっくり集金して廻っても陽が落ちるまでには店に戻れる筈なのに、夜になっても帰ってこなかったんです。ひょっとしてどこかに立ち寄ったのかもしれない、いや、捜していた男に会ったのかもしれないと、いま少し待ってあげようじゃないかということになったんです。ところが、一晩待っても帰ってこなかったんです。おこうさんは心配で一睡もしていません。何の連絡もなかったんですから。それで今朝になって手分けして捜しました。おなみさんが集金して廻った店も一軒一軒訪ねて聞いてみました……そしたら、どこの店もきちんと集金しておりやして、領収の印判までおしているんです。とすると、おなみさんは集金の金を持ったまま、消息を絶ったことになりやす」

　辰吉は困惑した顔を平七郎に見せた。

「まさか集金の金をネコババしたのではあるまい？」

　平七郎は笑ってみせたが、

「へい、そんな人ではないとは思いますが……もしそうであるならば、どういう理由で姿を消したのか、見当もつかなくて……」

　辰吉の顔には、おなみに対して半信半疑の色が浮かんでいる。

「集金の金は、いくらだ？」

平七郎も笑いを消して念のため訊いた。

「この三日ほどは皆で手分けして掛け取りをしているんですが、おなみさんに頼んだのは大店二十軒ほどです。年契約で四ヶ月に一度集金しておりやして、集金の額はおよそ六両ほど……」

「何、六両だと……結構な額になるものだな」

平七郎は驚いた。

「うちは二枚刷りが主です。時には三枚になることもありやす。しかも一ヶ月に三回出しています。日本橋の大店ともなれば、売り出すたびに四部か五部は買ってもらっておりやすから、それだって割安にしているんですぜ」

けっして他のよみうりより高いものではないと、辰吉は付け加える。

「ふうむ、しかし、このまま放ってはおけぬな」

平七郎は頷く。

「すみません。非番でくつろいでいるところに申し訳なく思いますが、そんな訳でして、おなみさんを捜すのを手伝って貰えねえかと思いまして……」

辰吉は助けを求めた。

「むろんだ。おなみは俺が連れて来て頼んだ人だ。待ってくれ、今支度する。その間に、秀太にも声を掛けて来てくれぬか」

「承知しやした」

辰吉が飛び出すのを見て、平七郎は急いで部屋の中に戻って支度にかかった。

するとそこに、

「くず饅頭（まんじゅう）が出来ましたよ」

母の里絵が声を弾ませて部屋に入って来た。だが、

「あら、お出かけだったんですか？」

平七郎の様子を見て、少しがっかりしたようだ。

今日は里絵が、久しぶりに平七郎の好きなくず饅頭を作ると言っていたことを平七郎は思い出した。

「すみません。おこうの店に預けていたおなみという者が、店を出たまま行方知れずになったようです」

「まあ……」

里絵は驚き、

「くず饅頭どころではありませんね。一刻も早く捜してあげなくては、この御府内のことだって、おなみさんはまだ良く分かっていないのでしょう？」

案じ顔になる。

町奉行所の同心は、他の御家人と違って、非番だからと、ゆったり物見遊山（ものみゆさん）など出来ない。勤番の時の事件が片づいていなければ引き続き探索に明け暮れているし、緊急に呼び出されればすぐに飛んで行く。

のんびり家族と野山に出かけたり物見をするなどということは、平七郎の父もなかった。

母の里絵はそれを心得ているからして、せっかく親子でくず饅頭を食べようと思っていたとしても、そこは快（こころよ）く見送ってくれるのだった。

「母上、帰って来てからいただきますから」

平七郎は刀を摑んで玄関に向かった。

「何か思い当たることはないのか？」

平七郎は一文字屋に走ると、化粧っ気のない青白い顔をして座っていたおこうに訊いた。

「あの人、このお江戸に縁戚の者はいないと言っていましたから、見当もつかないんですよ。何処（どこ）かで何か悪いことに巻き込まれてしまったんじゃないかって、悪い方に悪い方に考えてしまって……」

「迷惑を掛けることになってすまぬ」

　平七郎は頭を下げた。

「よしてください、他人行儀な……おとっつぁんが生きていて、このお店をやっていたとしても、平七郎様のお役に立つことなら、なんだってお引き受けしたと思います。おなみさんを店に置くことぐらい、なんでもないことです。私が迂闊(うかつ)でした。まだ慣れていないのに、外にお使いに出したのが間違いでした」

「とにかく休んでくれ。少し眠らないと」

　平七郎は、生気のないおこうの顔を見る。

「大丈夫です」

　おこうは笑ってみせるが、平七郎は台所の方にいたお増を呼び、

「お増さん、この人を寝かせてやってくれぬか」

　そう言っておこうを促(うなが)すが、おこうは言うことを聞かない。それどころか立ち上がって、

「お増さん、皆さんが帰って来た時に、冷たいお茶が出せるようにしなくちゃね」

台所に行こうとする。

「おこうさん、もう用意は出来ていますよ」

慌ててお増が言ったその時、浅吉と常吉(つねきち)が間を置かずして帰って来た。

「ずいぶんあちこち当たってみやしたが、まったく……」

二人は首を横に振って肩を落として座り込んだ。暑い中を走り回っていたようで、ぐったりしている。

「喉(のど)が渇いたでしょ」

お増が急いで麦茶を出す。二人は喉を鳴らして飲み、

「まるで神隠しにあったようだ」

濡れた口をぐいと手の甲(こう)で拭(ぬぐ)うと、浅吉が言った。

するとそこに、秀太と辰吉も帰って来た。

二人は番屋を廻っておなみに繋がるような事件が起きていないか聞き取りをしていたのだ。

「平さん、今のところ日本橋近辺で女が怪我を負ったり殺されたりした形跡はありません。もっとも、だからと言って何か事件に巻き込まれていないとは言えませんが……」

秀太が報告すると、

「暑い暑い、熱が頭のてっぺんまで回ってしまって……」

胸元を広げて汗を拭きながら辰吉は弱音を吐く。

「いったいどこにいるのでしょうか……」

おこうも座り込む。

「おかしいな……突然消えるなどある筈がない。これは俺の勘だが、何かややこしいことに巻き込まれたのかもしれぬな」

平七郎は険しい顔で、皆を見回す。

「確かに……これだけ捜して手がかりがないなんて、おかしいですよ」

辰吉が首を捻る。

店の中は、瞬く間に重い空気に包まれた。それぞれが息を殺して考えを巡らせていると、

「あの、こちらにおなみさんはおりますか」

店先に男が立ったのだ。

総髪の青白い顔をした男で、鼠色の小袖に茶色の裁着袴を穿いている。歳は二十五、六だろうか。男は店の中にいる者たちが深刻な顔を連ねているのを見

て、入って来るのをためらっている。

「おまえさんは誰だい？」

辰吉が訊いた。

「へい、私は世之介と申します。おなみさんとは同郷の者でございまして、先日おなみさんに会ったんですが、その時に、ここで厄介になっていると聞いていましたので、それで立ち寄ったのでございます」

世之介という男は、店の中におなみを探すような視線を投げた。

「せっかく訪ねて来てくれてなんだがな、おなみさんは昨日から行方知れずなんだ。店に戻ってないのだ」

「えっ、昨日から行き方知れず……」

世之介は秀太の言葉に驚いた様子だった。

「そうだ、昨日から行方知れずになって手分けして捜しているのだが見付からん。世之介さんと言ったな。お前さんがおなみさんに会ったのは、いつのことだ……どこで会ったのだ？」

秀太は世之介に矢継ぎ早に質問し、店の中に入るよう手招きした。世之介はおずおずと入って来た。そして、

「私がおなみさんに会ったのは三日前のことです」

と言った。

「三日前ですって？」

おこうが聞き返す。

「はい。米沢町の絵具屋の前でばったりと……」

「絵具屋……ああ、思い出しました。私がおなみさんにお使いを頼んでいて……」

おこうの言葉に、世之介は頷いて、

「おなみさんはお使いの帰りだと言っていました。私は今、浮世絵の師匠のところに居候をしておりまして、師匠の使いで絵具を買いに米沢町に行ったんです。そしてばったり会ったんです。実に三年ぶりでした」

世之介は懐かしげな表情をちらと見せたが、

「でも、ちょっと気になることがあったものですから」

口を濁す。

「何でしょう、気になることって」

おこうが尋ねる。

「圭次郎の居所を知らないかと言われました」

世之介の言葉に、一同は顔を見合わせる。

「そうか、お前さんも圭次郎のことは知っているのだな」

平七郎が上がり框（かまち）まで乗り出して来た。

「はい、私も圭次郎も、おなみさんも、同じ町の者です。同じ寺子屋に通って大きくなった仲でございます。しかも、私と圭次郎は国元の料理屋『みませ』という店で一緒に働いていた仲なんです」

「すると、おまえさんは圭次郎がおなみさんと二世を約束したことも知っているのだな」

はい、と世之介は平七郎に頷いて、

「圭次郎は料理屋で働いていた頃から女たらしでした。男っぷりが良いから女が寄って来るんです。おなみさんもそれを知らない訳じゃないのに、あいつの甘い言葉を信じて、私と圭次郎が国を出る時に、おなみさんは嫁入りのためにと貯（た）めていた銭を、私の目の前で圭次郎に渡したんです。ところが先日おなみさんから圭次郎を捜しているのだが、どこにいるか知らないかと聞かれて、私は音信不通になっていると知りびっくりしました。それで、おなみさんが傷つかないように当たり障りのない話をして帰ってもらったんです。でもあとで考えてみると、あいつの事はもう諦めた方がいいって言ってやれば良かったと思いまして、それで今日、こちらに……」

世之介は話しているうちに、次第に語気を強めていった。世之介も圭次郎については憤慨していることがあるようだった。

「世之介さん、あなたが知っている圭次郎って人のこと、話してくれませんか」

おこうは言った。

「三年前のことです。私は圭次郎に、江戸に出て行くつもりだと話しました。私は子供の頃から絵を描くのが好きでした。いつかちゃんとした師匠について学びたいと考えていたんです。特に伯父が江戸から持ち帰ってきた浮世絵などを見ると、是非とも本場の江戸で修業を積みたいと考えていたんです……」

世之介は、真剣な顔で話し始めた。

店を辞めるに当たっては、友人の圭次郎だけには伝えておこうと思ったのだ。

圭次郎は世之介の決心を聞いて驚いていた。

どういう算段があって江戸に出るのだと聞かれ、世之介は考えていることを打ち明けた。

それは、世之介には為蔵（ためぞう）という伯父がいて、その伯父が藩主の参勤交代の折、通し人足（とおしにんそく）として行列に加わっていたからだ。

通し人足とは、参勤交代の人足のうち、国元で調達されて、江戸までの道程を通しで人足を勤める者のことを言う。宿場宿場で雇う臨時人足もあるが、通し人足は国元の百姓町人が勤めた。

世之介の伯父は、これまでにも通し人足として参勤交代に何度も加わり、江戸に到着した後は、しばらく江戸見物などしてから帰国していた。

手当ても十分貰えるんだと自慢していたから、世之介は伯父に頼んで、近々江戸に向けて出発する行列に加えて貰おうと考えていたのだった。

圭次郎はその話を聞き終わると、自分も人足に加えて貰えないか、伯父に頼んで貰えないかと言い出したのだ。

「俺もいつかここを出て江戸に行ってみたいと考えていたんだ。こんなところで使いっ走りをやっていても立身などままならねえからな。男としてひと旗揚げてえんだ」

圭次郎はそう言って、世之介に熱心に懇願したのだった。

五万石の藩が参勤に必要とする人足はおよそ百人、少なくともその三分の一は国元からの通し人足でまかなうことになっている。

特に大切な荷は、通し人足でなければならない。臨時の人足では乱暴に扱って事故が起こらないとも限らないのだ。

世之介と圭次郎は伯父の口添えで、参勤交代の人足として江戸に出ることになった。

この参勤交代の人足が決まった時に、世之介はおなみと圭次郎が二世を誓っていたことを知った。

世之介は心の中でおなみを案じた。なにしろ圭次郎は、料理屋の女たちを次から次にとりかえて自分の女にし、小遣いを巻き上げていたのを知っていたからだ。

おなみも同じ目に遭うのではないか……世之介の懸念は当たった。その光景を目の当たりにしたのである。

それは、出立を明日に控えた日のことだった。おなみが世之介の見ている前で、有り金を圭次郎に渡したのだ。

「圭次郎さんは、お江戸でお店を開くって言っているの。そしたら私もお江戸に呼んでくれるっていうのよ。だから私も手を貸してやらなくちゃ……」

おなみは、案じ顔の世之介にそう言ったのだ。

だがやはり江戸に出た圭次郎は、おなみのことなど頭から消えてしまっているように見えた。

世之介と圭次郎はしばらく藩邸で暮らし、江戸を見物した後に、圭次郎は長屋を見つけて藩邸を出、世之介は江戸に常勤している藩士のつてで、浮世絵師の桂川京太郎に弟子入りしたのだった。

長屋に移った圭次郎は派手に遊んでいたようだったが、そんな暮らしが長く続く筈はない。次第に暮らしは逼迫し、藩邸を出て半年も経った頃には、両国の芝居小屋で呼び込みをして糊口を凌いでいた。

せっかく江戸に出て来たものの、後ろ盾が無くては、成功をおさめ立身をすることなど不可能に近いと、ようやく分かったのだ。

圭次郎の納得する働き口などある筈もなく、また世之介の絵描き修業だって、いつまで経っても使い走りだ。

二人は時々会って、ままならぬ世に愚痴を言い、酒で憂さを晴らしていたのだが、江戸に出て来て一年半ほど経ったある日のこと、圭次郎が美しい娘を待ち合わせた居酒屋に連れて来たことがあった。

おしのという蠟燭問屋の跡取り娘だった。おしのが圭次郎を見る目はねっとりとして、からみつくようななれなれしさが感じられて、二人は既に深い仲になっているのだと察した。

この時圭次郎は、誇らしげな顔で、おしのの婿として店に入るつもりだと言ったのだ。

おなみのことなど、毛ほども頭の中にはないようだった。

世之介は苦々しく思って、得意げな圭次郎の顔を見ていた。

そういえば、圭次郎は藩邸を出る時、

「どちらが先に望みを叶えるかだな」

などと言っていたから、おしのを連れて来たのは、幸運を摑んだことを世之介に告げて、俺の方が勝ったなと宣言したかったのかもしれない。

だが圭次郎は、それから三月が過ぎないというのに、世之介に金を貸して欲しいと言って来た。

どうやらおしのの婿にはなり損ねたらしく、その日の食事にも困窮しているように見えたが、

「なに、あのおしのと付き合っていた時に、もう一人の娘にも目を付けていたんだ。いや、こっちの方が大店でね、きっと落としてみせるよ。俺はおっかさんに言われているんだ。この女ならと目を付けたら、さっさと体をものにしちまうんだよって。まあ見ていてくれ、きっとものにしてみせるよ。ただ、大きな運を摑むには軍資金がいるんだ。すぐに返すからよ」

圭次郎はそんな強がりを言って手をすり合わせた。

世之介は一朱金一枚を握らせて、

「これだけしか持ち合わせはねえよ、私は修業中の身だからな。それより圭次郎、おまえの悪い癖だぞ。自分の足と手で稼げ」

そう言って帰したのだが、その言葉が癇にさわったらしく、以後圭次郎がやって来ることはなかった。

世之介はそこまで話すと、

「ところが、半年前にばったり圭次郎に会ったんです」

苦々しい顔で言った。

「何、どこで会ったのだ……」

平七郎が訊く。

「浅草寺の境内です。女連れでした。圭次郎は羽織と同布の絹の着物を着ていまして、お店の若旦那のように見えました。驚いて声を掛けると、ちらっとこちらを見たのですが、知らんぷりして行ってしまいました」

「あきれた、おなみさんにはそのこと話しましたか」

おこうが尋ねる。

「女連れだったことは言っていませんが、浅草寺で姿を見たことだけは話しました。おしのという最初の女の話もしていません。おなみさんには辛すぎる話だと思いましたので。ただ両国の芝居小屋で呼び込みをやっていた頃のことは話していますす。おなみさんには何も知らないとは言えなかったんです。圭次郎は私と一緒に国を出ていますからね……」

世之介は、おなみに圭次郎のことを尋ねられて、相当困ったようだ。

「ふうむ……」

平七郎も圭次郎の無節操ぶりには舌をまいていたが、ふと思いついて訊いた。

「圭次郎がおしのという娘の婿になるという話があったと言ったな。その蠟燭問屋の名は覚えているか……」

「巴屋です」

世之介はすぐに答えた。

「巴屋か……それともうひとつ、圭次郎の顔を描いてくれぬか」

平七郎は言った。

辰吉が店の紙と筆をさっと手渡すと、世之介は頷くや、よどみなく筆を運んで、前から見た顔と横顔をさらさらと描いてみせた。

平七郎たちは世之介の筆の動きを覗き込みながら、圭次郎という男の顔の特徴を頭に叩き込んだ。

圭次郎の顔立ちは、前から見ると目鼻立ちのはっきりとした女好きのする顔立ちだが、横から見た顔は少し顎が張り出ていて、全体の顔の相から醸し出されている雰囲気は、そこはかとない闇を感じた。

「この顎が特徴です」

世之介は顎を指して言った。

四

「平さん、あれが巴屋ですね」

秀太は立ち止まると、前方に見える店先を指した。

世之介から聞いた蠟燭問屋の巴屋というのは三十間堀八丁目にあった。

軒下に人の背丈ほどの屋根を付けた蠟燭型の看板が掛かっている。

その蠟燭の模型の白い肌には、『清浄生掛、巴屋』とある。

看板に書いてある清浄と生掛とは、粗悪な作りの蠟燭ではなく、漆や黄櫨から取った木蠟を油で練り、こよりに燈心をより合わせて作った芯に何回も蠟を塗りつけて作った生掛という製法だと誇示しているのだ。

「ごめん」

店の中に入ると、蠟燭を真っ二つに割って、どのような芯を使っているか、蠟の重ね具合も一目で分かるような見本を展示してあった。

商談しているお客は、寺の坊さんや武家の者、またお店者の姿もあった。

巴屋の店は橋ひとつ渡れば、愛宕下の大名屋敷や増上寺をはじめ多数の寺があり、蠟燭屋として立地は恵まれている。

客の質の高さは一見して分かるし、それによって不動の商いが垣間見えた。

「北町の者だが主殿は在宅か？」

秀太が迎えてくれた手代に告げると、

「これはこれは、今日はまた何か……」

帳場から番頭が間髪容れず出て来て挨拶をした。

「主殿に少し聞きたい話があるのだが……」

秀太が伝えると、番頭はただの見廻りでは無いと察した様子で、すぐに座敷に二人を通した。

「市兵衛でございます。わざわざのおこし、どのような御用でございますか」

主はいそいそと部屋に入って来たが、平七郎たちのむつかし気な顔色を見て、怪訝な顔になった。

「ふむ、つかぬことを尋ねるが、こちらには、おしのという名の娘御がおいでか？」

平七郎は、声を落として訊く。万が一世之介から聞いた話をあからさまに持ち出して娘の耳にでも入ったら傷つけることになりはしないかと用心したのだ。

「はい、おしのは私の一人娘ですが、本日は家内と親戚の家に出かけておりまして……」

平七郎はほっとして頷くと、

「いや、その方が話しやすい」

懐から圭次郎の似顔絵を出して市兵衛の膝前に広げた。

「これは……」

市兵衛の顔が一瞬にして曇った。

「ご存じですな。圭次郎という男を」

平七郎は市兵衛の動揺を見逃さなかった。

「思い出すのも汚らわしい」

大店の主にはふさわしくない、感情むき出しの言葉を吐いた。

「今、この男のことで調べていることがあるのだが、主殿が知っていることを話してもらえぬか」

じっと見詰めた平七郎に、市兵衛は一瞬ためらいをみせたが、すぐに覚悟して頷いた。そしてここだけの話にしていただきたいと念を押してから、

「一年半前のことです。芝居好きの娘は、両国の芝居小屋に通ううちに、この男に会い、付き合うようになったようです……」

娘のおしのが市兵衛に、心を通わす人がいると告白したのは、まもなくのことだった。

巴屋にしてみれば、おしのの婿は、すなわち巴屋を継ぐ男となる存在だ。

おしのが物心つく頃から、婿に誰を迎えるか、市兵衛が考えてこなかった訳ではない。

だが、娘が気に入っている男なら承諾してやらねばと悩んだ末に、店に圭次郎を連れて来させた。

なるほど圭次郎は、ぱっと見た顔立ちはそこそこだが、体から醸し出すものに品が無かった。少し話してみたが話し方も浮薄なところがあり、商人には相応しいとは思えなかった。

とはいえ自分もこの店に婿として入った者だ。娘の気持ちを第一に考えてやりたい。婿にしたのち、ちゃんと躾ければ店を継ぐ男になれるだろうと市兵衛は思ったのだ。

ところが市兵衛の内儀は、圭次郎と付き合うことはならぬと厳しく諫めたのだ。

「あの者には、底知れぬ、なんでしょう……はっきり言えないのですが、引きずり込まれるような暗さを感じます。あのような者を店に入れるのは気が進みません。店が汚れます。蠟燭屋の商いの相手は神社仏閣、清浄な世界です。うちの店には相応しくありません」

それでも市兵衛は内儀を説き伏せ、二人の逢瀬（おうせ）を黙認していた。だが、そのうち一両、二両、そして三両五両と、おしのは出かけるたびに勝手にお金を持ち出すようになった。

番頭からそのことを聞いた市兵衛がおしのを問い詰めると、

「圭次郎が今ほしいって言ってるのよ、将来のお婿さんなんだからいいでしょ」

などとおしのは言い返すようになったのだ。

ふうっと市兵衛はそこまで話すと息を整えた。

「いやはや、巴屋の一大事でした。今思い出してもぞっとします」

市兵衛は険しい顔で話を続けた。

「別れるよう娘に言っても、がんとして承知してくれません。我（わ）が儘（まま）に育てたことを後悔しました。ですが、先々代からのこの店を守るためには、娘を勘当してでもという決心をいたしまして、むりやり娘を箱根（はこね）の温泉宿に送りました。そしてその間に、常盤（ときわ）町の文七（ぶんしち）親分さんに相談し、それで圭次郎とは縁を切ることができたのでございます。親分さんの力を借りなかったら、今頃この店はどうなっていたか、ぞっといたします。この男は……」

市兵衛は圭次郎の顔を指し、

「小悪党でございますよ。正体を知るまで少し時間がかかりましたが、もう二度と見たくない顔でございます」

忌みものでも見るように、圭次郎の似顔絵に視線を投げた。

「貴重な話をお聞かせいただき申し訳ない。すると、その後圭次郎の姿を見たことは？」

平七郎の問いに、市兵衛は首を強く横に振った。

大店を営むには、清濁併せのむことなど日常茶飯事、承知の助の市兵衛が顔を顰めて否定する圭次郎という男の正体を、平七郎も秀太も垣間見た心地で顔を見合わせた。

市兵衛の話に出た文七親分というのは、常盤町で女房が居酒屋『ふじ』を営んでいて、十手は南町の瀬尾という同心から預かっていることが分かった。

平七郎と秀太は、その日のうちに居酒屋ふじの暖簾をくぐった。「いらっしゃいませ」

三十半ばの小太りで色白の女が愛想よろしく出迎えてくれた。この女がここの女将で文七の女房らしい。

　女将は二人が町方の同心と見て、

「あらまあ、旦那方には初めてお目に掛かります。私は文七の女房で、うたと申します。いつもいつも亭主の文七がお世話になっておりまして……」

　一層顔を綻ばせて腰を折る。

「いやいや俺たちは北町の者でな」

　平七郎が笑って応えると、

「あらまあ、早とちりしちゃって」

　ぺろっと舌を出して笑った。なかなか愛嬌のある女だ。

「私は平塚といいます。そしてこちらは、私の大々先輩の、立花さんだ」

　秀太も笑って応える。すると、

「えっ、もしかして、もしかして、黒鷹と呼ばれた立花平七郎様?」

　女将のおうたは、平七郎の顔を眺めて、

「亭主の文七が言っていたんです。北町には凄腕の黒鷹の立花様がいるって……」

　その目の光は尊敬の色に変わっている。

「いや、参ったな。今は橋廻りだ」

平七郎が照れて頭を掻くと、

「はい、存じておりますとも……でも橋廻りをなさりながら、今も難しい事件の解明に奔走しているとお聞きしています」

おうたは言って、すぐに怪訝な顔で、

「その立花様が、なんでうちの亭主に？」

興味津々の顔だ。

「いやいや事情があってな。ご亭主に話を聞きたくて立ち寄ったのだが、いるかい？」

店の奥に視線を投げたが、

「それが亭主はまだ帰ってないんですよ。いえね、もう間もなく帰って来ると思いますので、どうぞ一杯やってお待ちくださいませ」

文七の女房はすこぶる明るい。

「そうだな、では何か見繕って持って来てくれ。酒は冷やでいい」

平七郎の言葉を受けて、女房は奥の小上がりの座敷へ二人をいそいそと案内した。

店は長椅子に座る席と、二組ほどは畳を敷いた席を利用出来るようになっている。

二人が小上がりに座ると、間を置かずしておうたは酒と肴を運んで来た。

「すみませんねえ、今日は通いで来ている娘が休んでいるものですからね、私一人なんですよ」

おうたは枡酒と、大鉢に入った焼き蛤と、小鉢に入った人参と大根を千切りにした膾を並べた。

「こちらの焼き蛤は取り分けて食べてください。小皿はこちらに置いておきます。お酒をたらして焼いてあります。醬油の代わりに、こちらの山椒の粉を掛けて食べてみてください」

おうたは、もうひとつの盃ほどの入れ物に入った物を勧めた。

「これが山椒の粉？」

秀太がおうたの顔を見た。

「はい、春に取った葉を醬油で炊き上げています。それを叩いて粉にしたものですが、蛤に掛けると、ふわっと山椒の香りがして、お醬油も良いですが、こちらも結構いけると思いますよ」

おうたは説明して引き揚げた。

「うまいな……」

「確かに山椒の香りが……」

などと二人はしばらく蛤を味わい、膾をつまみ、酒もお代わりをして舌鼓(したつづみ)を打っていたが、

「立花様、文七でございやす」

四十がらみの男が、二人の座に近づいて来て腰を折った。日焼けして筋骨逞(たくま)しい男である。

「いや、待たせて貰ったお陰で、女将さんの美味しい手料理を味わわせて貰った。突然押しかけて来てすまぬが、お前さんに少し教えてほしい事があったのだ」

平七郎がそう告げると、

「あっしでお役に立つことがあるのでしたら、喜んで」

文七は言った。

「実は今日巴屋の市兵衛に会って来たんだが、圭次郎という男のことでな……」

平七郎は、おなみとの出会いから行き方知れずになってしまった経緯を話した。

そして巴屋市兵衛から文七の名前を聞き、何かおなみ探索のきっかけを摑めるのではないか、圭次郎についても分かるのではないか、そう考えてやって来たのだと告げた。

文七は神妙な顔で聞いていたが、大きく頷くと、

「立花様、あっしが圭次郎と関わったのは、巴屋からの依頼があったからなんですが、あの男は根っからの悪党でございますよ。見た目はそこらにいる若い衆のように見えますが、性根が妙にすっ飛んでいやす。相当悪質な家庭で育ったものじゃねえかと疑いたくなるような男です。あっしが中に入らなかったら、今頃巴屋はどうなっていたか……」

文七はそう前置きしてから、巴屋の娘おしのと縁を切らせる手段として、圭次郎の首根っこを摑むために、手下を上野国までやって調べさせたのだった。

「それで分かったことは、圭次郎は母と二人暮らしでしたが、この母親がなかなかのもんでしてね」

文七は苦笑する。

「なかなかのもんとは？」

秀太がせっつくように訊く。

「へい、男を次から次に替えて金をむしり取る。儲け話を持ちかけて金をだまし取る。そういうことをやって来た女でした。そんな母親に育てられて、圭次郎も得体の知れない人間になっちまったんだと思いますよ。圭次郎本人は気づいていないかもしれないのですが、我が身本位で反省がない。巴屋の娘とのことも、あっちが俺を放さないんだと嘯(うそぶ)いておりやしたが、おしのさんを使って巴屋の金庫から金を何度も持ち出させており、それだって罪になるんだと十手にものを言わせて縁を切らせました」

文七は苦笑した。

「その後圭次郎は、どこで暮らして何をしているか知らないか」

秀太が訊く。

「それですが、深川の八幡宮で芸者三人を引き連れてじゃれ合いながら歩いているのを見たことがありますよ」

「いつのことだね」

平七郎が尋ねると、文七はこの春だと言った。

八幡宮の境内にある桜を見に来ていた様子だったが、どこかの若旦那のような形(なり)をしていて、文七は一瞬目を疑ったという。

「巴屋に婿入りする話が壊れて大人しくしているかと思ったら、どこかのお店の娘を騙して店に入り込んだのではないか……あっしはそう見ているんですがね」

文七は、苦々しい顔で言った。

五

平七郎と秀太が一文字屋に戻ると、亀井市之進と工藤豊次郎が待っていて、平七郎の顔を見るなりそう言った。

「お二人とも平七郎様のお母上から事情を聞いたらしくって、夕暮れ時から待っていらしたんですよ」

おこうが出て来て言った。

「平さん、水くさいよ」

「いや、すまぬ。手伝ってくれるのなら助かる」

「もちろんだ、俺たち二人は何事も平さんと一蓮托生、そういう気持ちなんだから、何でも言ってくれ」

工藤がそう言えば、

「これまでの経緯(いきさつ)はおこうさんに話してもらった。で、何か新しいことが分かったのか？」

亀井はせっつくように訊く。

平七郎は二人に、巴屋市兵衛の話と岡っ引文七の話をして聞かせた。

「すると、圭次郎は今はどこかの若旦那におさまっている、そういうことだな。なんて太い野郎だ」

亀井が吐き捨てる。

「文七は深川の八幡宮で芸者連れの圭次郎を見かけたと言っている。一方、世之介は浅草寺で女連れの圭次郎を見かけている。いったいどの辺りにある店に入り込んでいるのやら……」

工藤も首を捻る。

するとそこに、ドタバタと息を切らして辰吉と浅吉が帰って来た。

「平さん、少し分かってきやしたぜ」

辰吉は高揚した顔で言った。

「何、詳しく話してくれ」

皆の視線が一気に二人に集中した。

「へい、あっしたちは昼過ぎから、両国の芝居小屋を聞き込みしていたんでさ」

辰吉は歯切れ良い口調で報告した。

しかし最初は何も摑めず空回りしていた。それでも諦めずに聞き込みをしていると、夕刻になって仙治という芝居小屋の木戸番に話を聞くことが出来た。

仙治はかつて圭次郎と一緒に呼び込みと客の出入りを仕切っていたというのである。

「その仙治に圭次郎が今どこにいるのか聞いたところ、仙治はこう言ったんです。自分がこの目で見た訳じゃあねえが、遊び仲間が、圭の奴は深川辺りの大店の店に婿入りしたらしい。澄ました顔で小僧を連れて歩いていたと……」

「深川の大店だと……」

秀太が首を傾げる。なにしろ秀太は、深川の材木問屋の次男坊だ。

「店の名は分かっていません。仙治は知らないと言っていました。それと、おなみさんですが、数日前に圭次郎を捜しているのだと言って芝居小屋を訪ねていました」

「何、まことか」

「へい、丁度その時仙治が木戸番をしていたようでして、深川で圭次郎を仲間が見たという話はしてやったようです。すると、何か新しい噂(うわさ)を聞いたら教えて欲しいと言って、この一文字屋で暮らして居るからと帰って行ったそうです」

　辰吉は一気に言った。

「すると、おなみさんはやはり、私たちに何も言わずに姿を消すなんてことは、考えてもいなかったってことですよね」

　おこうの言葉を受けて、

「しかも集金のお金を持っている。それを持ったままとんずらなど、とても思えねえ」

　浅吉も言う。

　おなみは倹約家で、商いの金だって一文も無駄にはしない、そういう人だったと浅吉は言葉を重ねる。

「確かに浅吉さんの言う通り、あの人はお使いに出したって、手帳を持って出かけて行って、きっちりと領収の印をもらってくるんです。そこまでしなくってもいい、そう言っても、これは私の性格だって言っていました。母一人子一人で暮らして来て、爪(つめ)に火を点(とも)すような暮らしを続け、そうして少しずつお金を貯める。そういう暮らしをしていたと言っていました。おなみさんが集金のお金を持ったまま、姿を消すなんてことは考えられません」

「平さん、おなみさんの性格からして、回収した金をネコババして姿をくらますなんてことはないとして……ただ圭次郎を捜していたことは分かっている。とすると、やっぱり、圭次郎のことで深川に向かったのかもしれません。ここに戻って来る猶予（ゆうよ）がなかった、と考えれば、集金した金を持ったまま向かったと考えられます。そして、何か思いがけないことに遭遇して戻れなくなってしまった……」

秀太はそこまで推測して平七郎の顔を見た。

「よし……」

思案していた平七郎が皆の顔を見渡した。

「秀太の言う通り、ここまで捜して見付からないってことは、何かの異変に遭遇したと考えるほかないな。市さん、この絵をあと数枚模写してくれないか」

圭次郎の似顔絵を指し、

「銘々（めいめい）がこれを持って聞き込みをした方がはかどる」

「承知した」

市之進は意気込んで頷いた。

「まずは深川を手分けして当たってみよう。深川の大店と辰巳芸者と料理屋を当たってみようじゃないか。一軒一軒、この絵の顔を知っている者はいないか」

平七郎は言った。

「そうと決まったら、平さん、振り分けをしてくれ。大店を当たる者と芸者を当たる者と……」

亀井も、やるき満々で平七郎を見た。

翌日から、深川大探索となった。

平七郎と浅吉が向かったのは翌日の昼下がり、まずは仲町の芸者の置屋『美濃屋』だった。

大通りから少し入った横町に置屋はあった。格子戸の洒落た玄関の奥からは、三味線の音が聞こえてくる。音を合わせているのか、時々音は中断する。同時に女の笑い声も確認出来た。

「ごめん」

平七郎は玄関の戸を開けた。

「これはお役人様……」

出て来たのは女中風情の年老いた女だった。

「女将はいるかな。聞きたい事があるのだが……」

平七郎がそう告げると、女中は不安な顔で奥に引っ込んだが、すぐに女将を連れて出て来た。

「女将でございます。何か？」

不審が顔にみえみえだ。粋な縞（しま）模様の着物の襟（えり）をちょいと合わせて、キリリとした目で平七郎を見た。

二人の芸者も何事かと思ったらしく、出て来て女将の背後に座った。こちらは黒の留め袖姿だ。あたしゃ辰巳芸者だと、気位が高いと評判の高慢そうな顔を並べている。

平七郎は例の似顔絵を出してまず見せた。

「この男を捜しているんだが、心当たりはないだろうか」

女将は似顔絵を取り上げてまじまじと見た。

「うぅん……」

首を捻っていたが、背後から覗いている芸者二人に訊いた。

「定吉（さだきち）、小糸（こいと）、どうだい？」

「知らない、見たことありませんね」

二人の芸者も首を横に振った。

「旦那、そういうことでございます。私たちは初めて見る顔でございます。念のためお聞きしたいのですが、この人が何か法にふれることをしたんですか？」

女将は、似顔絵を見ていた目を、平七郎に向けた。

「かもしれないと思って捜しているのだ。手数を掛けるが女将、他の芸者衆にも聞いてみてくれないか」

「男っぷりの良いお役人様にそのように言われては断る訳にはいきません。分かりました、うちの者たち全員に訊いてみますよ。まだ五人の芸者がおりましてね」

女将は、歯切れの良い口調で言った。

「ありがたい。実はこの男は、この春に八幡宮の桜を見に来た折に芸者三人を連れて歩いていたという知らせを受けている。知らせを提供してくれた者は嘘偽りを言う人ではない。そこで芸者衆を当たっているのだ」

平七郎の言葉を受けて、

「旦那、芸者衆はこの深川だけではありませんからね。柳橋の芸者衆かもしれませんよ。でもね、当たってみます。何か知っている者がおりましたらお知らせします」

女将は似顔絵を返して来た。

平七郎は、よみうり屋の一文字屋の所を伝えて表に出た。

「平七郎の旦那、確かにあの女将の言う通り、深川の芸者衆だけでも何十人いることか……」

浅吉はため息をつく。

「浅吉、探索はまだ始まったところだぞ」

平七郎は浅吉の肩を叩いた。


一方秀太は、市之進と一緒に実家の材木問屋の相模屋（さがみや）の前に立っていた。

店の表から店の中まで、真っ白に削った同寸の板の束が無数に立てかけてあり、『諸国材木売捌（うりさばき）問屋』の大看板が掛かっている。

「私の実家ですよ」

秀太は照れくさそうに言って店の中に入った。

「これは秀太様、お久しぶりでございます」

すぐに番頭の宗助（そうすけ）が奥から出て来た。

「久しぶり。番頭さん、この間は大変だったよ。仙台堀に材木が流れ出て、雨の中を難儀したんだ」

秀太は仙台堀に流れ出た材木の処置に苦労したことを番頭に話した。

「まことにまことに、私どもも聞いております。なんですか、あれは日野屋さんの不手際で起こしたようです。あのあと寄り合いがあったんですが、仲間内でも厳しい意見が出ましてね、日野屋さんは平謝りしておりました」

「杜撰なことだ。うちは大丈夫だろうな」

秀太は同心然として言う。

「もちろんです。それにしても随分立派におなりで……」

番頭は目を細め、

「そのお姿、旦那様にもおかみさまにも、店の奉公人どもにも見せてやってくださいませ」

「番頭さん、私はそんなことで帰って来たのではないのだ」

「でも、この家を出ていかれてから滅多にお帰りになることはなかったんです。今日はゆっくりなさってから、そうなさいませ」

ちらと市之進に頭を下げて勧める。

「いや、そうもいかないのだ……」

秀太は店の中を見渡して、手代が二人いるだけで、閑散としているのに気づき、

「今日はやけに静かじゃないか」

番頭に尋ねた。

「この時刻は、皆木場の方に出向いたり、商談に出かけていたりしておりまして」

「親父さんは？」

「旦那様とおかみさま、若旦那様もお出かけです。秀太様、せっかく立ち寄られたのですから、皆様のお帰りをお待ちください。どれほどお喜びのことか」

番頭の宗助はどうしても引き留めたい様子だ。なにしろもう六十にもなろうという初老の者だ。秀太が生まれる前からこの店で働いている。

「骨休めはまた改めて……それより宗助、私たちは調べることがあって立ち寄ったのだ」

秀太はそう言って、店の中にいた手代二人にも声を掛けた。

「藤吉(とうきち)、鹿之助(しかのすけ)、お前たちも一緒に話を聞いてくれないか」

「へい」

二人はすぐにやって来た。

秀太はまずは市之進を皆に紹介した。

「こちらは先輩だ。この間まで定町廻りにいた人だ」

「亀井市之進と申す」

市之進は名を名乗った。その顔は、秀太が先輩として扱ってくれたことを内心嬉しく思っているようだった。

秀太は、皆が座につくのを見て、番頭の宗助と手代二人に圭次郎の似顔絵を出して見せた。

「この者を捜しているんだ」

「ふうん」

宗助も手代二人も首を捻った。

「見たことはないのか……この深川のどこかのお店の若旦那じゃないかと思っているんだが」

「知りませんな。と言っても、この深川には大変な数のお店がありますからな」

番頭は首を捻る。

「多分大店の者じゃないかと推測しているのだが」

市之進が言った。

「まっ、とにかく店の者たちにも訊いてみましょう。この似顔絵、預かってもよろしいですか？」

番頭は訊く。

「いいとも、よろしく頼むよ」

秀太はそう言ってから立ち上がった。

「お待ちくださいませ」

番頭は帳場に走ると、懐紙に包んだ物を持って出て来て、秀太の手に渡した。

ずしりと重い。小判の重みだと分かった。

市之進もそれに気づいているらしく、目を見開いて驚いている。

「いいよ、ちゃんと食べてけるだけのものは貰っているんだから」

秀太は突き返したが、

「いえ、困ります。おかみさまから頼まれていたんです。あの子は三十俵二人扶持(ぶち)で暮らしている。橋廻りではお大名家やお旗本衆、そして大店などからの心付けは何もない筈、不憫(ふびん)です。ここに立ち寄るような事があったなら、どうか渡してやってくださいと頼まれていたんです」

番頭は困り顔だ。

「いいんだよ番頭さん。本当に困ったら頼みに来るから……私は何もかも覚悟して同心になったんだ。店を手伝えと言われていたのに、それにも反発してね。それは番頭さんも知ってるだろ。だから受け取る訳にはいかないよ」

もう一度番頭に包みを突き返して、秀太は店を出た。

これは誰にも言ってはいないことなのだが、秀太の役宅に女中として来ている老婆は、秀太の乳母だった女である。

その乳母の女中が、父親に秀太の日頃の様子をそれなく報告しているようで、その折には、

「旦那様からあずかって参りました。どなたにも内緒の金だとおっしゃって、旦那様はぼっちゃまのことを案じていらっしゃるのですよ」

などと言って小判を運んで来るのだ。

その金は手文庫に入れて保管している。使うつもりはないが、父親の気持ちとして預かっているのだ。

「市さん、恥ずかしいところをお見せしました」

秀太は苦笑した。

「なあに、親心ですよ。分かります。秀太、急いで廻ろう。あと何軒廻れるか、平さんとの約束の時刻までまだ数軒は調べられる」

市之進は言った。

六

「いやいやいや、旦那方、またお立ち寄りくださいまして、あっしは嬉しいです」

柾木稲荷の境内でみずがしを売っている男は、平七郎が浅吉と立ち寄ると、嬉しそうだった。

「西瓜を頼む。そこに並んでいる薄っぺらい切り身ではなく、も少し厚く切ってくれ。まもなく仲間もここに来る」

平七郎が告げた。

平七郎と浅吉は芸者筋を、秀太と亀井市之進は大店を、そして工藤豊次郎と辰吉は料亭を廻って聞き込みをしている。だが七ツ（午後四時頃）には、この稲荷に集まることにしていたのだ。

仲間もまだやって来る、そう聞いたみずがし売りは上機嫌で、

「承知いたしやした。今日は奮発いたしやしょう。今ここにある西瓜ならば、一玉を十六切れに切っておりますが、旦那方には十二切れに切り分けやす。塩はね、赤穂の塩でございますよ。行徳の塩より品がいい。ぱらぱらぱらと西瓜に掛ければ甘い甘い……」

口上を述べながら切り分けているところに、

「平さん、遅くなりました」

秀太と市之進が境内に入って来た。

「暑い暑い、汗が噴き出る」

秀太は手巾で襟元の汗を拭いながら、すでにその手は西瓜に伸びている。

「聞き込みが出来たのは半分ぐらいです。秀太の実家にも頼んできましたので……」

市之進も平七郎に報告しながら西瓜に手を伸ばす。その時、みずがし売りは俄に思い出して言った。

「あっ、そうだ。旦那方にこの間話していた、そこの橋の下に引っかかっていた

水死人、身元が知れたんですよ」

「ほう、どこの誰だったのだ？」

　平七郎は、西瓜にかぶりつきながら訊く。

「先日南町の旦那がここに立ち寄って教えてくれたんです。深川の油問屋『難波屋』の大旦那の弟だったんだと」

「大旦那の弟？」

「へい、なんでも浜松町で千味丸という丸薬を売っている薬屋の旦那だったそうです。難波屋の大旦那に会いに来たその帰りに殺されて川に投げ込まれたようでして……」

「すると、下手人は挙がったのか？」

　今度は秀太が尋ねる。

「いいえ、それはまだのようです。まったく、くわばらくわばらですよ。あっしはここでみずがしを売っておりやすが、すぐ目の前の橋の下に死人が引っかかっていたなんて、あの日、誰だったか忘れましたが死人を見つけて、大騒ぎになるまで気がつかなかったんですからね」

　みずがし売りは、ぶるっと体を震わせた。

「いったい何があったんだろ」

浅吉は呟いたが、しばらく四人は西瓜を頬張ることに熱中した。

江戸の治安を預かる役務がら、平七郎たちが水死人に関心が無い訳ではない。

だが南町の案件だと知った以上、余程の理由がない限り、立ち入ることは控えるのが仁義だ。

とはいえ何が起きているのかと、それぞれが考えを巡らしながら西瓜を頬張っていると、豊次郎と辰吉が、息せき切って境内に入って来た。

「平さん、遅くなりました。妙な噂を聞いてきましたよ」

辰吉の顔には、何かを摑んだ高揚が見える。

「旦那方もどうぞ……」

みずがし売りはすっかり仲間になったような口ぶりで、いそいそと辰吉と豊次郎に西瓜を渡す。

辰吉は一口かぶりついてから、

「門前仲町に『山里』という料理屋があるんですが、そこの仲居たちの話なんですがね」

濡れた口を手の甲で拭った。するとそのあとを受けて豊次郎が説明した。

「あの顔の男は、二度ほど座敷に上がって芸者を呼んで、どんちゃん騒ぎをした男に違いないというんです」

「間違いないのですか？」

　秀太が驚きの声を上げる。

「絵の顔に間違いないと何人もの仲居が証言したんだから。ただ、名前は圭次郎ではなかったな。善兵衛という難波屋の若旦那だというのだ」

「何、難波屋の若旦那だと……」

　平七郎は、西瓜で濡れた指を手巾で拭きながら聞き返した。秀太も市之進も浅吉も、皆顔を強ばらせている。

「何か……どうかしたんですか？」

　辰吉が平七郎たち四人の顔を見る。

「たった今、難波屋という店の話が出ていたところなんだ。まさかその難波屋は油問屋じゃないだろうな」

「そうだよ、油問屋だぜ」

　辰吉は言って、何で知っているのだという顔をした。

「平さん」

秀太は険しい視線を平七郎に送った。平七郎は頷き、

「それで、難波屋を探ってみたのか?」

豊次郎に尋ねる。

「それが……店は今川町にありましたが、今日店は閉まっていて忌中の札が掛けられていたのだ。それで近所の者に聞いてみたところ、大旦那が一昨日亡くなって葬儀を終えたところだと……」

「大旦那が亡くなって忌中だと……」

やはりなと頷く平七郎に、辰吉が応えた。

「平さん、そういうことで店への聞き込みは出来なかったんでさ。ですが近所の者は、善兵衛という者は、間違いなく難波屋の主だと言っていました。なんでも三ヶ月前に養子に入って店を継いだばかりだということでした」

「待て待て、すると、亡くなったのは先代で大旦那ということだな」

「そうです」

「で、善兵衛というのはそこの養子に入った男だと……」

平七郎は鋭い目を向けた。

「そういうことです」

「どんな家から養子に入ったのだ？」

「それは聞いてはおりませんが、豊さんもあっしも、善兵衛は圭次郎に違いねえって思っています……同一人物にちげえねえって」

辰吉がそう告げると、

「確実なことは、首実検しかない。しかし昨日葬儀を終えたばかりだ。そこに乗り込んで行くのもどうかと辰吉と考えて、明日から店は開けるようだから、それまで待とうということにしたのだ。路を隔てた向かい側に小料理屋があるので、その店の二階から張り込みも出来るよう話はつけてある」

豊次郎が言った。

「分かった」

平七郎は頷いて、

「そこの万年橋で引っかかっていた水死体は難波屋の大旦那の弟だったたな。更にこのたびは兄の大旦那が亡くなった。兄弟が亡くなった訳だ。そして難波屋は養子の善兵衛の手に渡った。続けて兄弟が亡くなったのは偶然だろうか……念のためだ、明日から難波屋を張り込んでみるか」

翌日、秀太と豊次郎と市之進は先陣を切って難波屋が見渡せる小料理屋の二階で張り込みを始めた。

秀太は着流しの同心姿だが、豊次郎と市之進は町人の髷を結い、豊次郎は麻の着物姿で旦那衆を真似、市之進は木綿の着物に法被を着て職人姿だ。

「また、そんな格好をして……」

この部屋に集まった時、秀太は苦笑した。

だが二人は、大真面目で、

「この格好なら、いつだって尾行出来るだろ?……何、案外似合っているなと満足しているんだ」

豊次郎が袖を広げてくるりと回ってみせると、

「こういうことをやってみなくちゃ探索の面白さはねえ。それを教えてくれたのが、秀太、お前さんと平さんだぜ」

などと市之進は職人言葉になっている。

「まったく……おあつらえむきの出番があるといいですがね」

秀太は笑って、表側から見えないように窓際に座った。以前なら嫌みのひとつやふたつ、必ず言ってやったものだが、定町廻りを追い出された二人を見ていると、妙に同情してしまうのだ。

「まっ、今日から一文字屋の連中はよみうりで忙しい。俺たちできっちりおなみの行方を摑まなくてはな」

豊次郎は、まじめくさった顔をなでて言う。

「それにしても動きはないな」

二階の肘(ひじ)掛け窓から難波屋の表を睨んだ秀太が言った。

「まっ、待つしかあるまい」

豊次郎は手にある圭次郎の似顔絵をちらと見て、市之進と秀太の横に来て外を覗く。

「これじゃあ商売にならねえな」

市之進が呟いた。

難波屋の店の表は、まだ悲しみが垂れ込めていて深閑(しんかん)としているのだ。

「あっ、平さんだ」

豊次郎が一方を指した。

着流しに菅笠を被った平七郎がやって来た。

その時だった。女の悲鳴が難波屋の店の前で上がった。同時に店の中から一人の女が追い払われるように外に叩き出された。

女は転んで、抱えていた風呂敷包みが手から離れて吹っ飛んだ。

「何だ、何があったのだ、酷(ひど)いことをするもんだ」

豊次郎が呟く。

叩き出された女は初老だった。木綿の縞の着物に黒繻子(くろじゅす)の帯を締めている。ゆっくり体を起こすと、女は未練がましく店の表をじいっと見詰める。

二階の窓から見ている三人にも、女の悔(くや)しさが伝わって来る。

「よし……」

市之進が階下におりようと立ちあがったその時、

「待って、平さんが……」

秀太が制した。

視線の先に平七郎が走り寄るのが見えた。ひとことふたこと、平七郎は女と言葉を交わしたのち、抱え上げるようにして女を起こした。女は腰を摩(さす)っている。

平七郎は菅笠をついと上げて、ちらとこちらの二階に視線を投げてきた。秀太が手を振る。

平七郎は頷くと、女を抱えるようにして三人が見張っている小料理屋に連れて入って来た。

まもなく階段を上ってくる足音がして、平七郎と女が部屋に入って来た。

「平さん、その女(ひと)は？」

秀太は言って、女に座をすすめた。

「この人はおきちさんというらしい。大旦那が亡くなるまで世話をしていたんだそうだ。だが大旦那の葬儀も終わった。もうおまえさんには用はないと跡を継いだ善兵衛に言われて、せめて四十九日が終わるまで線香を上げさせてほしいと頼んだようだが、叩き出されたのだそうだ」

平七郎は、風呂敷包みを抱えて不安げな顔で平七郎たち四人の顔を見渡すおきちの様子を見ながら言った。

「酷い話だ。許せないな。おきちさんとやら、われらは北町の同心だ。難波屋善兵衛を調べるためにここにいる。どうだ、難波屋のことについて、少し話を聞かせてくれないか」

豊次郎が尋ねると、おきちは、はっとした顔で見返した。

秀太が圭次郎の似顔絵を出しておきちに見せる。

「この男は圭次郎という者だが、ひょっとして難波屋の養子に入った善兵衛のことじゃないかと思うのだが？」

おきちは、似顔絵をがっと摑んでまじまじと見ていたが、大きく頷き、

「確かに善兵衛さんです。今の旦那様です。でも婿入りする三ヶ月前までは佐助(さすけ)さんという名でした」

「佐助だって……」

秀太が聞き返す。

「はい、圭次郎なんて名は初めて聞きます。佐助さんです。佐助さんは婿入りしてまもなく、亡くなられた大旦那様が名乗っていた善兵衛という名を襲名したのです。ですからそれ以後大旦那様は善右衛門(ぜんえもん)と名乗っていらしたのです」

「ふむ」

平七郎は苦笑した。皆肩透(す)かしを食らったような気分に一瞬なったが、小賢(こざか)しく悪の才覚のある圭次郎ならば、名前を変えて難波屋の跡取り娘に近づいたということだって考えられる。

「お役人様、でも何故、この顔の人を捜しているのでしょうか」

おきちの顔は強ばっている。

「実はおなみという娘が行き方知れずになったのだ。そのおなみは、この江戸に

圭次郎という許嫁を捜しにやって来た娘だった。そこで、何かの事件に巻き込まれたのではないか、圭次郎という男を捜し出せば何か分かるかもしれぬと調べているうちに、圭次郎によく似た男が難波屋の婿におさまっていると聞いたのだ。それで難波屋を張り込んでいる。おきちさん、おなみという名を聞いたことは？」

平七郎は尋ねてみた。すると、

「おなみさんですか……」

おきちは呟いて記憶を辿っていたが、まもなく首を振って否定した。

「そうか、知らないか。ではもうひとつ教えてくれ。圭次郎にはおふくろさんがいて国元から呼び寄せたという話もある。善兵衛はどうなのだ……おふくろさんはいるのかね」

秀太が尋ねる。

「います。三ヶ月前に挨拶に見えました。佐助のおっかさんだと言ってやって来て、婿にしてくれたお礼を言いたいと……」

「ちょっと待った。おっかさんも倅のことを佐助と言ったのか？」

訊いたのは市之進だ。

「はい、私は大旦那様の側に控えておりましたから間違いありません。この耳で聞きました。ただ」

おきちは苦笑いを浮かべた。

「何だ？」

秀太が促すと、

「女中ごときの私が言うのもなんですが、派手な着物を着て、赤い紅をさして、座った姿勢もなんとなく崩れていて、なんともお品が悪くて、難波屋の亡くなられたおかみさまがいらしたら、きっと顔を顰めるだろうと思いました。お嬢様はおいちさんておっしゃるのですが、どうしてこんな人をお婿にしたいと駄々をこねるのだろうと残念に思いました」

「だが、おきちさんたちの心配を余所に、父親の善右衛門は佐助を受け入れたんだな」

豊次郎が言った。

「はい、大旦那様はご自分の体の具合を案じておられました。ですから、自分の目の黒いうちに、お嬢様の婿を決めておきたい、そういう気持ちが強かったのだと思います」

若い頃からこの歳まで難波屋の中で女中をして来た私のような人間でも、お嬢様があんなおっかさんの倅と一緒になるなんて、口惜しいばかりだったとおきちは眉を寄せ、

「お嬢様の縁談に強く反対していた大旦那様の弟の久兵衛様が殺されなければ、お嬢様が我が儘をおっしゃっても、佐助さんを婿に入れることはなかったと思います」

愚痴めいたおきちの言葉に、一同は顔を見合わせていた。

「おきちさん、その弟さんというのは、万年橋の下で水死人としてあがった人のことだな」

平七郎は念のために尋ねる。

「はい、そうです」

おきちは暗い顔で頷いたのだった。

七

難波屋善兵衛の素性を確認するのは豊次郎と市之進に任せ、平七郎と秀太は、

万年橋下で水死体となって見付かった難波屋の弟の店に向かった。

所は浜松町と聞いていたが、大通りに面した場所にひときわ大きな店構えがあり、それが千味丸の店だと分かった。

なんとその店も、深川の油問屋の店の名と同じく『難波屋』の看板を上げていた。

「油問屋と丸薬屋、商いは違っても屋号は同じ難波屋です。仲の良い兄弟だったんですね」

秀太は面前にある看板を見て言った。

店の軒には『千味丸』と書いた大小の紙が幾つもぶら下がっている。

商品は店の中の棚だけでなく、表にも揚げ台を作って、袋入りの千味丸をぎっしりと並べ、通りすがりのお客には、この揚げ台の袋入りの薬を手代たちが次々に販売していた。

店の中にもむろん大勢のお客の姿が見える。旅人や侍、それに近隣に多数ある寺の坊主たちだろうか、僧体の客もいる。

平七郎と秀太も店の中に入った。

「いらっしゃいませ」

手代が愛想良く迎えてくれたが、北町の者だと名乗り、亡くなった主のことで話を聞きたい、そう伝えると、すぐに番頭が出て来て、二人を奥の部屋に案内してくれた。

店の賑わいは、この客間まで届いていた。繁盛の様子を耳でとらえながら、平七郎と秀太は、出してくれたお茶を飲み干す間もなく、亡くなった旦那の内儀が部屋に入って来ると手をついた。

「おさいと申します」

歳は五十前後だろうか、虫青色（むしあお）の落ち着いた着物が似合っていて品が良い。平七郎たちを見たその顔には、店をきりもりしている女主人の強い意志が感じられた。

実はこの店に来る前に、亡くなった亭主に変わって内儀が店を仕切っていることを平七郎たちは聞いていた。

倅はいるようだが、内儀が三十過ぎて産んだ子で、まだ店を任せられないと考えてか、今は本石町（ほんごく）の薬種問屋に修業に出しているらしい。

「夫を殺した下手人がお縄になったのでしょうか？」

内儀の最初の言葉は、亭主を殺した者が捕まったかどうかの質問だった。言葉遣いは柔らかいが、その顔には遅々として判明しないことへの怒りが見える。

「いや、それはまだだが……」

平七郎は言いよどんだ。一呼吸を置いてから、

「江戸の治安を預かり、人々の安寧を守らねばならぬ役人として申し訳ない。ご亭主を手に掛けた下手人探索は南町がやっているが、実は我々も油問屋難波屋善右衛門の死に関わる不審な点を調べているところだ。今日立ち寄ったのは、少し尋ねたいことがあったのだ」

平七郎は言った。

「何でしょう」

内儀の顔は強ばっている。

「ご亭主は何故あの日……殺された日のことですが、深川の難波屋に行ったのだ」

内儀は、そのことにつきましては、そう前置きして、

「深川の兄さんに呼ばれたからです」

迷わず言った。

「ふむ」

「一人娘のおいちさんのお婿さんのことで相談を受けていたんです」

「その婿というのは、今の善兵衛のことですな」

　平七郎は質問を重ねていく。

「そうです。夫は佐助という男を婿に入れることには反対だったんです。おいちさんが一度佐助さんを連れてうちにやって来たことがありましたが、夫はその時から反対しておりました。あの佐助という者は、難波屋に相応しくないと……あんな男を難波屋に入れてはいけないと……婿は他にいくらでもいるじゃないかと……」

　平七郎は頷く。

「私も夫と同じ考えでした。一度会ったきりですが、物の言い方、物腰――なんていうのでしょうか、魂が入ってないんです。ふわふわしていてしまりがないんです」

「なるほど、魂ですか……」

「はい、商人は、ふたことみことしゃべれば相手の素性や性格を瞬時に見抜くことが出来ます。それが出来なければ商人として大成は出来ません。あの佐助という人は、商いのあの字も知らないのですからね……涼しい顔を作りに作って座っていましたが、体から立ち上っているものは何やら禍々しい粗野な臭いばかり……」

内儀は、ずばずばと善兵衛を酷評した。

「だが、善右衛門さんは、こちらのご亭主の意見より娘の意を汲んで婿に迎えることになった……」

平七郎が水を向けると、

「いいえ、兄さんはうちの人が反対するのなら、婿にはしないと言っていました。佐助にきっぱりと引導を渡してほしいと、うちの人に言ってきたんです。自分では娘になかなか強いことが言えなかったんでしょうね。だからあの日は、佐助という男を婿にするのかしないのか、最終決断を胸に佐助という男に、それを直接伝えるために向かったのです」

「ふむ……」

平七郎は、ちらりと秀太と顔を見合わせた。

内儀は話を続けた。

「うちの人と深川の兄さんは、幼い頃からずっと仲が良くて、どのような問題も二人で解決してきたんです。親の代からの油屋は兄さんが継ぎましたが、この店は亭主が興（おこ）した店です。店を開くに当たっては、兄さんもずいぶん手助けしてくれました。薬草を仕入れる資金、この店を建てる資金、なにもかもに手を差し伸べてくださいました。屋号を難波屋としたのも、兄さんの考えでした。この江戸に兄弟手を取り合って難波屋の屋号を増やそうじゃないかと……そんな具合でしたので、おいちさんの婿取りについても、うちの人が反対すれば、あの者を婿にすることはなかったと思います」

内儀は善兵衛への強い拒否反応を露（あら）わにした。

「すると、これは憶測ですが、こちらのご亭主があのような不運に見舞われなければ、佐助が善兵衛になることはなかったと……」

秀太は尋ねる。

「さようです。あの者を婿にしたのは亭主が亡くなったあとのこと、兄さんはおいちさんに押し切られたのでしょう。今となっては兄弟二人ともあの世に行ってしまって、しかもあちらは乗っ取られたも同然、うちとしましてはもうこの先、深川と手を携えてという気持ちはございません。おいちさんには申し訳ないですが、この先は、難波屋は難波屋でも、別々の道を歩むことになると存じます」

内儀は、胸の中のわだかまりを吐き出すように一気に話してくれた。更に一呼

吸置いてから、

「つかぬことをお尋ねいたします。皆様は深川の今の主、善兵衛の件でお調べになっているとおっしゃいましたが、あの男の何をお調べで……」

険しい顔で内儀は訊く。

「いや、あの男は佐助と名乗って婿に入ったようだが、佐助は偽名で、本当の名は圭次郎ではないかと考えている。圭次郎であるならば、ある娘の失踪に関わっているのではないかと、そういう疑いがあるのだ」

平七郎の説明に、

「是非、是非、あの者の本当の姿を明らかにして頂きたいと思います」

内儀は期待を込めた目で平七郎を見た。

浜松町の難波屋を出た平七郎と秀太は、その足で数寄屋橋にある南町奉行所に向かった。

門番に名を告げ、羽島馬之助に会いたいと告げると、間を置かずして中年の同心が足早にやって来た。

「羽島馬之助です」

そう名乗った男の顔は、なるほどその名の通り馬面だった。

「教えてほしい事があるのだが、外に出ませんか、喉も渇いている」

と平七郎が外で話そうと誘うと、

「私の手下がやっている店が、すぐ近くにありますよ」

馬之助は嬉しそうな顔で、鼻をひくひくさせて言った。

平七郎と秀太は、馬之助を挟んで、すぐにその店に向かった。

「あそこだ」

馬之助が指したのは、数寄屋橋を渡ってすぐの、元数寄屋町にある小体な店だった。

「この店は酒が売りです。アテはスルメとこんにゃくや豆腐の田楽だけですが、酒は美味い。樽酒を枡で飲ませてくれるんです」

そう言いながら馬之助は店の中に案内した。

「まあ、旦那じゃありませんか」

声を弾ませて女将が出て来た。

そして三人を衝立で区切った小上がり座敷に案内すると、すぐに引き返して亭主を呼んできた。

「丑松（うしまつ）といいやす」

馬之助が使っている岡っ引は、背が低く、のっそりとした中年の男だった。

馬之助が平七郎と秀太を北町の者だと紹介し、

「殺された浜松町の難波屋、それに深川の難波屋善右衛門について調べているそうだ。お前もここに座って一緒に話を聞いてくれ」

丑松に自分の横の座を指した。

「それじゃあ、ごめんなすって」

丑松が座ると、すぐに女将が枡酒とアテの田楽を運んで来た。

「たいしたものはございませんけどね、このお酒は灘（なだ）のものでございます。他にも下（くだ）りものはむろんのこと、地酒も取りそろえておりますので、ご希望があればおっしゃってくださいませ」

女将は亭主の丑松に、頼んだよというような視線を送ると、土間の長椅子でのんだくれている客の方に向かった。

まずは一献と、四人は枡酒を飲み、田楽を頬張った。

「美味いな、この味噌はすだちの香りがする」

平七郎は丑松に言う。

「ありがとうございやす。すだちは今が旬、皮を味噌にすり込んでおりやして、お客にも人気の田楽です」

「こんな美味しいものをいただいて探索の話もないもんだが、人ひとりの行方が分からなくなっているのだ……」

平七郎は飲み干した枡を下に置くと、おなみ失踪の一件を二人に話し、難波屋善兵衛と名乗っている圭次郎が関わっているのではないか、また浜松町の久兵衛殺しとも関連があるのではないかと自身の考えを伝えた。

馬之助も丑松もじっと耳を傾けていたが、

「立花さん、我々が聞いている善兵衛の前の名は佐助ですよ。圭次郎という名ではありませんな。浜松町の難波屋久兵衛殺しについては、今調べているところです」

馬之助は言った。

「久兵衛殺しの探索は、どのような状況ですか」

秀太がすかさず訊く。

「これまでの経緯を話しますと、久兵衛は首を絞められて殺されて川に投げ込まれたと見ています。これは検死した医者の証言もある。ただ問題は、久兵衛が水死体で揚がった時、身元につながる物がなにひとつなかったことです」

「財布とか紙入れとか、印籠とか、名前の入った持ち物は持っていなかったということですね」

秀太は重ねて訊く。

「身元が分からぬよう下手人が捨てたのだろう」

馬之助は即座に言った。平七郎は頷いて、

「物盗り、辻斬りの類いではない。殺された久兵衛に繋がる者の仕業だな」

「そうだ。ただ、身元が分からんことには下手人の見当もつかん。遺体は回向院(えこういん)に運び無縁仏として葬るしかあるまいと思っていたところ、番屋にやって来た近くの長屋の大家が、この人は千味丸の主だと教えてくれたのだ」

馬之助は喉が渇いたのか、唾を飲み込んだ。そして枡酒に手を伸ばした。すると、丑松が話を繋いだ。

「その大家は千味丸をたびたび買いに行っていて、久兵衛の旦那をよく知っていたらしいんでさ。それからですよ、色々と分かってきたのは。久兵衛は深川の油問屋を訪ねていた。夜になって浜松町の店に帰るために油問屋を出た。その時刻が夜の五ツ(午後八時頃)だという。すると、殺されたのはその直後じゃないかと……」

　再び馬之助が、話を繋ぐ。

「久兵衛は油問屋の娘おいちが夢中になっている佐助という者を婿に入れることに反対していたようだ。となると、佐助がやったのではないかと思ったんだが、久兵衛が殺された刻限に、おいちとずっと一緒だったということが分かりまして、いや、おいちがそう証言したんですがね」

「待って下さい。おいちの証言を信じても良いのですか」

　秀太は疑義を呈した。

「確かにそうです。白だとは考えておらぬ。今少し多方面から調べて、ひとつひとつ潰していっているところです。全て潰しおわったら、善兵衛も調べる」

　馬之助はそう言ったが、自信があるようには見えなかった。

「ひとつお聞きしたい。浜松町の難波屋の水死体を揚げた時、身元に繋がる物は何もなかったと、それは先ほど聞いたが、他に何か気になるものはなかったのですか」

　平七郎が訊く。

「ひとつありやした」

すぐさま丑松が言った。

「何……何だそれは？」

「一寸（約三センチ）にも満たない小さな竹笛です」

「笛……」

「へい。久兵衛は右手に、竹笛をしっかりと握っていたのです。そこで念のために千味丸の店の者たちに訊いたところ、内儀をはじめ奉公人たちも、そんな笛など見たこともない、旦那様の物じゃないと言ったんです」

丑松がそう話すと、また馬之助が、

「竹笛は下手人の物に違いない。久兵衛は首を絞められた時に咄嗟に摑んだのだろう。ただ、未だ持ち主は分かっていないのだが……」

馬之助は大きくため息をついた。

「いや、貴重な話をいただいた。その竹笛だが、見せてもらえぬか」

平七郎が頼むと、馬之助は懐から財布を取り出し、その中に入れてあった竹笛をつまみ出して平七郎の掌に載せた。

「ほう、これか……」

竹笛は、長さが一寸ほどの小さな物で、尻の方に赤い紐がついている。ただその紐は千切(ちぎ)れていた。

「鳴るんですか、これ……」

秀太が言いながら取り上げて吹いてみる。すると、ちゃんと音が出た。小さいが澄んだ音だった。

「よく見て下さい。『厄よけ』と小さな文字が彫ってある」

馬之助は紐がついている側を指した。錐(きり)か何かで入れた小さな文字だった。

八

浮世絵師桂川京太郎の家は、本所横網町(ほんじょよこあみ)にあると聞いていた平七郎と秀太は、羽島馬之助と丑松に会った帰りに、世之介に会いに行った。

桂川の住まいは古い仕舞屋(しもたや)だった。玄関を開け放っていて、八畳ほどの板の間には五、六人の弟子たちの姿が見えた。

その者たちは絵を描いたり彩色したりと無心に修業しているようだが、ざっと見たところ世之介の姿はなかった。

秀太が家の中に入って尋ねてみると、世之介は今日の食事当番になっていて、台所にいるのだと教えてくれた。

勝手口に廻ると、世之介が鉢巻きに襷掛けで、竈に薪をくべているのが目に入った。

「世之介……」

秀太が声を掛けると、世之介はびっくりして火吹竹を持ったまま立ち上がり、

「おなみさんは見付かったのですか？」

案じ顔で訊いてきた。

「いや、まだだ。少しあんたに訊きたいことがあってな」

平七郎がそう告げると、

「何でしょう」

世之介は言った。だが竈に掛けてある鍋が気になるらしく蓋を取って様子を見て、

「すみません、調理の途中で……」

「いいんだ、用をしながら聞いてくれ」

平七郎は羽島馬之助に見せてもらった竹笛の話をした。

世之介は竈の火に気を配り、煮えたぎっている鍋の蓋を取って煮え具合を確か

めたりしていたが、

「本当ですか、殺された人が竹笛を握っていたというのは……」

顔色を変えて聞き返してきた。

平七郎が頷くと、世之介は自分の首に掛けてある紐を引っ張り出して、その先についている竹笛を出して見せた。

「これだ！」

秀太は驚き、世之介に訊く。

「この竹笛、どこで手に入れたんだ？」

「これは国元の神社が祭りの折に配ってくれる笛です。厄除けです。圭次郎もおなみさんも持っていると思いますよ」

そこまで説明してから、

「まさか圭次郎の奴が……」

硬直した顔で、平七郎と秀太を見た。

「うむ、そのまさかだ。深川の難波屋に圭次郎にそっくりの男が婿になって入っている。本人は佐助と名乗っていて、難波屋の者はそれを信じているらしいが、佐助が圭次郎だったとしたら、偽名を使って婿入りした自分を、国から出て来てまで捜しているおなみは厄介者だ、邪魔者だ」

「旦那……」

世之介の顔から血の気が引いていく。

「いやいや、大事ないことを祈っているのだ。そのために、蛇をつっついて引っ張り出すような手荒な真似はしていない。おなみの命がかかっているからな。今はじっと我慢して尻尾を出すのを待っているのだ」

平七郎が伝えると、

「圭次郎の奴、許せねえな。あんなにまっすぐで人を疑うことを知らないおなみちゃんを……旦那、圭次郎も昔はくったくのない奴でしたよ。寺子屋の仲良し五人でよく竹藪に行って笛を作ったものでしたが、その頃の圭次郎は優しいところもあったんです……」

世之介の話によれば、寺子屋が終わったあと、おなみともう一人の女の子と、男の子三人の五人で細竹の生えている土手に行き、神社が祭りの日に配る笛を真似て作った笛で、音を競い合ったのだという。

穴を開けるだけの単純な笛だったが、それでもおなみたち女の子には上手く作るのは難しいようだった。

ある日のこと、おなみが作った笛が鳴らず泣き出した時、圭次郎は自分の笛をおなみに譲ってやったことがある。

「おいらはいくらでも作れるんだ。これはおなみちゃんにあげるよ」

優しい言葉も掛けていた。

世之介はそんな話も披瀝して、

「旦那、おなみちゃんは笛をもらった頃から圭次郎を慕っていたんですよ。私には分かっていました」

ふっと寂しそうな色を顔に浮かべて、

「私もおなみちゃんが好きだったんです。でも、圭次郎には勝てない、そう思って諦めていたんです。それなのに、二世まで誓ったおなみちゃんをないがしろにして余所の女の婿になるなんて酷い奴だよ。殴ってやりたいよ」

最後は怒りの混じった声で言った。

「世之介、いずれそなたには圭次郎の顔を確かめてもらいたい」

平七郎はそう告げると、秀太と外に出て来た。

「ぴー！」

数歩歩き始めた時に、笛の音が聞こえてきた。

二人は立ち止まって耳を立てたが、顔を見合わせると、笛の音に送られるように浮世絵師の家を出た。

竹笛の音が、薄汚い家の中に響いている。

「ううっ……」

板の間に、両手両足を縛られて転がされた女がいる。顔には乱れた黒髪がへばりついていて誰なのか見当もつかない。

だがその黒髪の奥にある瞳は、木漏れ日の当たる一カ所をじっと見詰めていて、そこにはあの竹笛が転がっているのである。

女の耳には、転がっているその竹笛の音が聞こえているのだ。

「ぴーひょろ」

だがその時、乱暴に戸を開ける音がした。

女はぎくりとして身を硬くする。

ぞんざいな足音が近づいて、

「ふっふっ、まだ生きてら」

右頬に痣のある若い男が、女の体を乱暴に引っぱり起こした。

女の顔に掛かっていた髪が左右に割れて、表情を失った白い顔が現れた。おなみだった。すっかり憔悴し、座っているのがやっとの様子だ。

若い男は、おなみの崩れた髷をひっ摑み、自分の方に顔を向けると、

「どうだ、決心をしたかい？」

おなみの顔を覗く。

「…………」

おなみは顔を背ける。

「どうなんだ？」

若い男は、髷ごと頭を引っ張った。

「止めて……圭次郎さんに会わせて、圭次郎さんの口から聞きたいんです。なぜこんな目に遭わせるのか」

「ふん、しぶとい女め」

若い男は、おなみを板の間に叩きつけた。

「ううっ」

痛みで苦しげな顔をしたおなみに、

「いいか、何度も言うが、圭次郎なんて者はいねえんだよ。世迷い言を言うんじ

やねえ」

せせら笑って言い放つ。

「うそよ、あの人は圭次郎さんよ。私の目に間違いない」

おなみは力を振り絞って叫ぶ。

その脳裏には、数日前偶然出会った圭次郎の姿が焼き付いている。

おなみはあの日、大店の集金を終えての帰りに、圭次郎が遊び人風の若い男を連れて歩いているのを見たのである。

馬子(まご)にも衣装ということわざがあるが、あまりにも変貌した若旦那風の圭次郎に仰天した。初めはこんなによく似た者がいるのかと目をこすった程だ。

だがどう見ても、圭次郎に間違いなかった。

――やはり圭次郎さんはこの江戸でひと旗揚げたんだ……。

これまでの疑念が確信に変わったのだった。

しかしそれなら何故、私に知らせてくれなかったのか。

圭次郎の母親が倅に呼ばれて江戸に行ったなどという話も聞いていたが、それも半信半疑だったのだ。

母親を呼び寄せるのなら自分にも知らせの文(ふみ)が来る筈だと思っていたからだ。

だが、今おなみの視線の先を歩いている男は、この江戸で目的を達成した圭次郎その人に違いなかった。

——許せない……。

私は資金が足りぬなどと囁かれて、有り金の全てを渡している。自分の全てを圭次郎に懸けていたのだ。

おなみの胸に、ふつふつと怒りがわいて来る。

圭次郎の行く手にまわって立ちはだかり、自分をないがしろにした訳を訊いてやろうと思ったその時、圭次郎はふっと背後を振り返った。

「あっ」

おなみは小さな叫びを上げて硬直した。

圭次郎も一瞬おなみと同じような驚きの声をあげたように見えた。だがそれも束の間、遊び人風の男と言葉を交わし、何事もなかったように歩いて行く。

——やはり人違いだったのか……。

圭次郎に会いたいと思うあまり、私の目はどうかしてしまったのか。

いやいや人違いの筈はない。先ほどは私に気づかなかったのだ、そうに違いない。

心の中は二転三転して、おなみはふらふらと圭次郎と思われる若旦那の後を追った。

だが、永代橋を渡ってまもなく、佐賀町の横町に入ったところで、おなみは圭次郎たちを見失った。

——しまった……。

元来た道に引き返そうとしたその時、ふいに背後から匕首を突きつけられたのだ。そしてこのあばら家に連れてこられた。

いや、それだけではない。おなみが集金していた金も奪い取られてしまったのだ。

今この場にいる若い男というのは、圭次郎と肩を並べて歩いていた、あの遊び人風の男なのだ。

若い男は日に二度握り飯を出してくれるが、ずっとおなみを見張っている。そうして日に何度も、

「このまま黙って国に帰るんだな。悪いことは言わねえ。これ以上強情にしていると命を取られるかもしれねえぜ」

同じ台詞を被せてくる。

「あの人は圭次郎さんなんですね。だから私をここに閉じ込めた。あなたは知っているんでしょ」

おなみは睨み返す。

「圭次郎なんかじゃねえ、佐助っていうんだ。何回言わせるんだ」

若い男は、座を蹴って隣の部屋に立って行った。

おなみは、芋虫のように体を動かして、やっと転がっている竹笛を口にくわえた。

――笛を吹けば、人がこの家にいることを、誰か気づいてくれるかもしれない。

おなみは笛をくわえた。そして吹く。

力の無い小さな音が辺りに響く。

若い男が血相を変えて走り寄ると、おなみの口から竹笛を乱暴に奪い取っておなみの顔に投げつけた。

九

「竹笛が鍵ですか……久兵衛さん殺しは笛の持ち主が分かれば決着するってこと

だけど、下手人はおそらく難波屋善兵衛……南町の旦那は何故手をこまねいているのかしら」

おこうは、平七郎と秀太に憤然として言った。

「あちらにはあちらのやり方があるんだよ」

秀太が投げやりに言い返すが、

「つまらねえ縄張り問答をしている場合じゃないと思いますがね。おなみさんに何かあってからでは取り返しがつかねえ」

辰吉も納得がいかぬ顔だ。

すると、刷り上がったよみうりを数えていた浅吉が手を止めて言った。

「平さん、竹笛のネタでもう一枚摺りましょうか。下手人をおびき出せるかもしれませんぜ」

「そんな柔な奴じゃないんだ、あの男は……この二日間見張っているが、まるでこっちの動きを知っているかのように店から一歩も出てこない。よみうりを出しても、知らぬ存ぜぬを貫くに違いない」

秀太は、ため息をつく。

「おなみは生きている、俺はそう信じている。久兵衛を殺して間もないのだ。その上におなみを殺したりすれば、自分が下手人だと証明しているようなものだ。南の探索はどうあれ、こっちはこっちのやり方で探索すれば良い。もう手の届くところまで来ているのだ」

平七郎がきっぱり言ったその時、市之進と豊次郎が三十半ばの男を伴って戻って来た。

「平さん、この人だが、張り込んでいる店の主から難波屋の番頭だと教えてもらったのだ。丁度店を閉めて家に帰るところだったので、こちらに来てもらったのだ」

豊次郎は男の方を振り返る。

「惣五郎（そうごろう）と申します」

そう名乗った番頭は、腰を折って挨拶すると、

「私は通いの番頭でございまして、店を出たところで旦那方お二人から声を掛けられました。難波屋の今の主について話を聞きたいとおっしゃいますし、私としても是非にも話しておきたいことがございましたのでご一緒いたしました」

と言うではないか。

「有り難い、話してくれ」

平七郎は座を勧めた。

惣五郎は決意した難しい顔をして座ると、

「かれこれ三ヶ月も前のことになりますが、先日お亡くなりになった大旦那様の弟の久兵衛さんが何者かに殺されて、南町の旦那がお店にやって来まして、奉公人たち一人一人に久兵衛さんが殺された時刻にどこにいたのか質されたことがあるのですが……」

惣五郎はここで、ごくりと唾を飲み込んで、

「お嬢様のおいちさんは、まだ婿入りを許可されていない佐助さんと夜遅くまで自室で会っていたと嘘をついたのです」

苦しげに吐露した。

「何、まことか？」

秀太が驚いて聞き返す。

惣五郎は大きく頷くと、おいちが佐助と自室で過ごしていたのは、久兵衛が店を出るまでのこと。父親と叔父の久兵衛の話が、どのような決着になるのか不安だったからだ。

ところが久兵衛が帰ってすぐに、おいちは父親に呼ばれた。そして、佐助を婿

に入れることは出来ないと言われたのだ。

番頭の惣五郎はその場にいて、親子の話を聞いている。

おいちは泣きながら自室に走って佐助にそのことを告げたようだ。

佐助が怒りも露わに難波屋を出たのは、まもなくのことだった。

「久兵衛さんが殺されたと分かったのは、それから二日もあとのことでしたが、私は佐助さん、今の旦那様ではありますが、ずっと疑いを持ってます」

惣五郎は険しい顔で話し終えたが、すぐに、

「これまで誰にも言えなかったのは、そのあとすぐにお嬢さんに押し切られて佐助さんは婿に入ったからです。大旦那様は久兵衛さんが殺されたと分かってから急に弱気になって、お嬢さんは心配してそれまでかかりつけの医者が出してくれていた薬ではなく、佐助さんが勧める薬を飲ませるようになりまして、ところが大旦那様の病は重くなる一方……」

平七郎たちの目がいっそう険しくなって惣五郎を見詰める。

「ですから大旦那様も店の先々を考えると、佐助さんを婿にするしかなかったのかもしれません。佐助さんが正式に店に入って来た辺りから余命いくばくかというようになりました。そしてついには先日お亡くなりになってしまいました。旦

那様の病状の変化についても、私は不審を抱いております。単なる心配ですむのなら嬉しいのですが、どうか今話しました数々の出来事を、ひとつひとつを調べて頂きたいと思います」

言い終えて息を継いだ。

「分かった、力を尽くしてみよう」

平七郎は約束した。そして、あと二、三のことがらについて教えてほしいと惣五郎に尋ねた。

佐助の本当の名は圭次郎ではないのか……おなみという女が店を訪ねて来たことはないか……また佐助の母親が国から出て来ているらしいが、今はどこで暮らしているのかと。

「圭次郎という名は聞いたことがありません。最初から佐助と名乗っておりましたので。おなみという女の人が店を訪ねてきたこともないと思います。そういうことがあれば、私に報告がある筈です。それと、母親のことですが、近くの長屋で暮らしています。その母親も近いうちに、お店に引き取るでしょう。お嬢様はご亭主にぞっこんで疑うということを知りませんが、難波屋は屋台そっくり婿殿にのっとられるに違いありません。若い衆の頃から私は難波屋一筋に奉公してまいりました。亡くなられた大旦那様には多大なご恩があります。そのことを考えますと、難波屋を守りたい、その一心で苦しんでまいりました。どうぞよろしくお願いします」

　惣五郎は怒りを含んだ口調で話し終えると、豊次郎と市之進に付き添われて帰って行った。

「いよいよ大詰めだな。おこう、お前さんにも手助けを頼みたい」

　平七郎が言った。

「頼みたいなんて水くさい。お任せくださいませ」

　おこうは胸を張った。


　翌日おこうは、難波屋を見張る料理屋の二階にいた。

　豊次郎と市之進が、この日も出窓にへばり付いて見張っていたが、

「おこうさん」

　おこうを手招いた。

「あの人が、おいちですよ」

　豊次郎が指した店の表に出て来たのは、ぽっちゃりとした色白の若い内儀だっ

た。

おいちは見送りに出てきた手代に何か告げると、丁稚一人を供にして出かけて行く。

おこうは急いで階下に下りると、おいちの後を付け始めた。

おいちは今川町の店を出ると仙台堀通りを東に進み、海辺橋袂から万年町に入った。この辺りは深川でも大きな寺院が軒を連ねているのだが、そのひとつ、玄林寺の門をくぐった。

玄林寺は難波屋の菩提寺だと聞いている。おそらく先日の葬儀のお礼にでもやって来たのだろうと、おこうは思った。

おいちが庫裡に入っている間に、おこうは境内に入って参道に伸びている木々を眺め、本堂を巡るなどしておいちが出て来るのを待った。

さして時間を掛けぬうちに、おいちは寺の者に送られて庫裡を出て来た。

長い参道をおいちは供を連れて歩いて来る。

まだ夏も盛りだ。太陽は容赦なく照りつけているが、参道の木々の枝がそれを遮り、適度な光を放射状に落としている。

その中を歩んでくる内儀の姿は、夢の中の美しい光景のようにも見えるが、訳あっての待ち伏せしているおこうの目には、おいちが近づいて来る姿は悩ましく映る。

「難波屋の、おいちさんでございますね」

おこうは、表門近くで声を掛けた。

「そうですが、あなた様は？」

おいちは怪訝な顔でおこうを見た。

「私は一文字屋というよみうり屋をやっている者でおこうといいます。このたびはお父様がお亡くなりになったとのこと、さぞかしお寂しいことでございましょうね」

まずは悔やみの挨拶をした。

「恐れ入ります」

おいちは哀しげな顔で言った。

「このような折に申し訳ないのですが、亡くなられたお父様のためにも、是非あなたにはお聞き頂きたいことがございましてね、それでお待ちしていたのです」

おこうは、笑みを見せた。

「はて、父のためにもとは、何のことでしょうか」

おいちの顔に不安が走る。

「立ち話もなんですから」

おこうはおいちを、正門扉内にある腰掛けに誘った。

おいちは小僧を先に帰すと、おこうに従って腰掛けに座った。なんとなく小僧に聞かせては不味(まず)いのではないかと察したようだ。

「あなたのお父様は、あなたがお幸せになることを、あの世からきっと願っていると思います。それは何者かに殺された叔父さんの久兵衛さんだって同じこと、難波屋の一族として、あなたの幸せを願っている筈……」

おこうは、まずそう告げてじっと見た。

「いったい何の話でしょうか……」

おいちは、迷惑そうな顔で言った。

「失礼とは思いますが、ずばりお尋ねいたします。まず、ご亭主の善兵衛さんのことですが。昔は佐助という名だったそうですが、本当の名は圭次郎という名ではありませんか」

「いえ、佐助です。圭次郎なんて名ではございません」

おいちは即座に否定した。同時に、なんだそんな事を聞きたいのかと、少しほっとした表情を見せた。だが、おこうの質問がそれで終わる筈がない。

「失礼を承知でいいますね。おいちさん、あなたは騙されていますよ」

おこうは、ずばりと言った。

「な、何をおっしゃるのですか、失礼な」

立ち上がろうとしたのを制して、

「では伺いますが、ご亭主にはおっかさんがいますよね。今は近くの長屋で暮らしているようですが、その人の名は、おつねさん、じゃありませんか？」

「！………」

おいちは、目を丸く見開いておこうを見た。少し驚いている様子である。

「おつねさんというのは、圭次郎という人のおっかさんです。なぜそんな事を言うのかと申しますと、圭次郎さんには幼なじみがおりましてね。その人は世之介さんといいましてね、今本所で絵師の弟子になっているんですが、その世之介さんから私、聞いているんです」

「………」

「ご亭主の本当の名は圭次郎。でも佐助と名前を騙ってあなたに近づき、婿におさまったのではないでしょうか」

「そんな馬鹿な……名前を偽る理由があったのですか」

「あったんです。圭次郎という人は、一度婿入りを失敗していましてね。大店の娘さんを騙してお金を何度も持ち出させていた。さる同心の御用聞きがそれをつきとめて二人を別れさせたんですが、今度同じことをやって露見したらただではすまない……圭次郎はそう思ったんでしょうね。まして名を変えなければ次の獲物を狙うことは出来ない……」

「…………」

「そんな折、国元で圭次郎さんと二世を誓っていた女の人が江戸に出てきたんです。消息を絶った圭次郎を捜しにね。でも見付からなかった。以前暮らしていたと思われる長屋も引き払っていました。それでその女の人は絶望して入水し、死のうとしたんです」

「！……」

おこうは、おいちの表情を読みながら、たんたんと話を繋いでいく。

「それを私の知り合いの同心が助けて私のところで働くようになったんだけど、行方不明になってしまいましてね。心配しているんです。無事でいるのかどうか、圭次郎って人に会えば消息はつかめるんじゃないかと……」

「止めてください。私の夫の昔の名は佐助です。圭次郎なんかではありません」

おいちは思わず声を荒らげた。

「そうでしょうか……ではお尋ねしますが、あなたのご亭主は、これと同じ竹笛を持っていたのではありませんか」

おこうは、懐の紙入れに入れて来た竹笛を取り出して見せた。

「！……」

おいちの顔色が一瞬にして変わった。

「やっぱりそうですか。持っていたんですね。でも今は持ってはいない、でしょう？」

「……………」

おいちは、激しく動揺し始めた。

「この笛は、世之介さんの物を借りてきたんですが、世之介さんは圭次郎も持っている筈だと言っていました。国元の神社で厄除けとして配られているそうですね」

「……………」

「この笛を持っている人は、この江戸にそう多くはいないでしょう。ところが、浜松町の久兵衛さんを殺した下手人は、この笛の持ち主だと分かっています」

「な、何をお訊きになりたいのですか……」

おいちは、青い顔をおこうに向けた。

「本当のことを、あなたの知っていることを、話してほしいんです。あなたは、叔父さんが殺された時にご亭主が自分と一緒にいなかったことも、自分の父親が薬を替えたことでどんどん体が弱っていって亡くなったことも知っている。でもそれに、目をつむって過ごすつもりですか。そんなことが許されると考えているのでしょうか。心が痛まないのでしょうか」

おこうは、息もつかせず畳みかけていく。

「必ず嘘偽りは明らかになっていくものです。あなたは今、本当に幸せなのでしょうか……私も女です、同じ女として案じているんです」

「ああ……」

おいちは、胸を押さえて頭を垂れた。荒い息を吐いていたが、涙を零し始めた。

「おいちさん……」

おこうは、おいちの背中に手を置いて言った。

「力になりますよ、約束します」

十

「番頭さん、おいちは何故浜松町に行ったんだね。もう三日になるじゃないか」

善兵衛は、番頭の惣五郎を呼びつけて叱り飛ばす。

「申し訳ありません。お帰りくださるよう使いを出しているのですが、いっこうに返事がございませんので」

惣五郎は言ったが、おいちが何故浜松町に行って帰ってこないのか知っている。

おいちは、おこうから佐助にまつわる様々な疑惑を聞き、もう夫と一緒には暮らせないと感じたようだ。

久兵衛が殺された時刻に佐助と部屋にいたなどと嘘をついて庇(かば)ったことや、竹笛を佐助が持っていたことも、おこうに告白している。

佐助を激しく慕うばかりに、目をつむり、耳を塞(ふさ)ぎ、口をつぐんできたおいちだったが、佐助に勧められて父に飲ましていた薬の疑惑もおこうに聞かされ、流石にこれ以上佐助と暮らす気にはなれなかったのだ。

おいちは、おこうに会った日の夜のこと、佐助が母親のところに行くのを待って、惣五郎に相談した。

そして惣五郎も同じ心配をしていたことを知り、久兵衛殺しなどさまざまな疑念が決着をみるまで、浜松町の叔母の家で暮らすことにしたのだった。

むろん亭主の善兵衛は何も知らない。訳も分からず番頭の惣五郎に当たるしかないのだ。

「まったく、もう一度使いをやるんだよ……いや、お前さんが出向いて連れ戻してくるんだ。気が利かないねえ」

善兵衛は苛立ちを隠せない。

「旦那様、大旦那様の四十九日の法要のことですが……」

言いかけた惣五郎に、

「それどころではないよ。法要なんてどうでもいいんだよ。死んでしまったんだからどうしようもないじゃないか。それより、私がこの店の主になってから目に見えて売り上げが落ちているじゃないか。お前のせいだよ、しっかりしてくれよ」

善兵衛は叩きつけるように言った。

確かに大旦那が亡くなってから、数軒の取引先が断りを入れて来ている。商人は信用が第一だ。難波屋のいざこざは既に得意先に知られていて、愛想を尽かされたに違いない。

「おっかさんのところに行ってくる。番頭さん、来月にはおっかさんをここに住まわせることにするからね、奉公人たちにはおまえから伝えておいておくれ」

善兵衛はそう言いつけると出て行った。

「ふう……」

惣五郎は大きく息をついて立ち上がった。

そして善兵衛が出かけるのを待って店の外に出て、向かいの料理屋の二階に小さく頭を下げた。

二階の窓には市之進と豊次郎の顔が見える。

二人は惣五郎が店の中に引っ込むと、料理屋を出て、善兵衛の後を追った。

店を出た善兵衛は、仙台堀に出て松永橋(まつながばし)を渡り、永堀(ながほり)町の裏店に入って行った。

それを見届けてから、二人は仙台堀の土手で菅笠を被り、着流し姿で釣り糸を垂れている二人の侍の側に歩み寄った。

「平さん……」

豊次郎が声を掛けると、

「母親に会いに来たようだな」

ついと菅笠を上げて言ったのは平七郎だった。

「どうしますか……おこうさんがおいちの証言はとってありますから、いつでも縄は掛けられますよ」

市之進が言う。

「いや、おなみのことがある。もう少し泳がせてみる」

平七郎がそう言った時、善兵衛が長屋の木戸に姿を現した。

すると、遊び人風の男がやって来て善兵衛に耳打ちしている。

善兵衛は苦い顔で頷くと、その男と一緒に南通りに足を向けた。

平七郎たちは、十分な間隔を取って付けて行く。

やがて海辺大工(うみべだいく)町代地に入り、更に清住(きよすみ)町代地に入ると竹藪の中を更に進む。

そして、一軒のあばら家に入って行った。

「どうします？」

秀太が訊く。

「二手に分かれよう」

平七郎と秀太は、あばら家の玄関近くに走って身を潜めた。豊次郎と市之進は足音を忍ばせて裏手に回った。


あばら家の中に入った善兵衛は、若い男から匕首を受け取ると、転がっているおなみの後ろに回って、両腕と両足を縛っている縄を切った。

「おなみ、圭次郎だ」

善兵衛がそう告げると、おなみはゆっくり体を起こして顔を上げ、善兵衛を見た。

「圭次郎さん……」

縋(すが)るような声を上げたが、

「俺に会えれば国に帰ると言ったそうだな。お前には悪いが、昔の俺ではねえんだ。俺のことは忘れてくれ」

善兵衛はおなみの肩を摑んで顔を見た。

おなみは、乱れた髪の奥から、きっと睨んでいる。はっと身を引く善兵衛に、

「何故私をこんなところに閉じ込めたんです。私が何をしましたか？」

怒りの目で問うおなみに、

「俺はもう圭次郎なんかじゃねえんだ。しつこく付きまとわれては困るんだよ」

善兵衛は言った。

「卑怯者！」

おなみは叫ぶ。

「ずっと、ずっと信じていたのに……応援していたのに……だからお嫁入りのために貯めていたお金も渡してあげたのに……それなのに、こんなところに閉じ込められて、その男から、どこかに婿入りしたって聞いたけど、圭次郎さん、国を出る時から私を騙すつもりだったのね。そうなんですね」

おなみは怒りをぶちまける。

「いや、俺は江戸に出て来て変わったんだ。後ろ盾もいねえこの江戸でひと旗揚げるなんてことは、夢のまた夢だって分かったんだ。出世したいのなら、大店の娘と親しくなって婿に入るしかねえ。この世は出世しなくちゃ誰も相手にしてくれねえ。おっかさんも俺がどこかのお店の婿に入るのをのぞんでいたんだ。苦労して育ててくれたおっかさんのためにも、俺は出世しなくちゃならねえ、そう考えたんだ。だから婿に入った。この通り、お陰で今では大店の主だ」

善兵衛は両腕を広げて絹物の着物を自慢げに見せて、

「名前も圭次郎なんかじゃねえ、善兵衛というんだ。悪いがお前とはもう身分が違うんだよ」

苦笑した。

「酷い人……私に愛情なんて、これっぽっちもなかったんですね」

おなみの目には、怒りの涙が膨れあがっている。

「すまねえがそういうことだ。お前には会わねえつもりでいたんだが、いつまでたっても国に帰ると言ってくれねえ。私に言いたいことがあるという。だから来てやったんだ。これで分かったろ……もうお前と一緒になるなんて道はねえんだ。貰った金は返してやるから国に帰ってくれるね。お前にまわりをうろうろされては、こっちが困るんだ」

善兵衛は、懐から袱紗(ふくさ)に包んだ物を出すと、おなみの膝の上に置いた。

おなみは、じっと膝の上の袱紗を見ていたが、それを広げた。小判十枚ほどが包んであるのが分かった。

「じゃあな」

帰ろうとした善兵衛の背中に、おなみは小判を投げつけた。

「何をしやがる」

振り返った善兵衛に、おなみは立ち上がると、かんざしを引き抜いて、

「圭次郎さん、私は希望を失って一度死のうと思った女です。今日ここで圭次郎さんを殺して、私も死にます！」

じりっと歩を詰める。

善兵衛は若い男に目配せした。刹那、若い男が匕首を引き抜いた。そしておなみに斬りつけた。

だが、その匕首が土間に吹っ飛んだ。どこからか石つぶてが飛んで来たのだ。

「誰だ？」

声を荒らげて入り口に視線を投げた善兵衛の前に、平七郎と秀太が飛び込んで来た。

「平七郎様！」

おなみが叫ぶ。

「無事でよかった」

平七郎はおなみを庇って立つと、

「北町奉行所の者だ。圭次郎、おなみ拐かしの罪、この目でしかと見たぞ。また久兵衛殺しの下手人として召し捕る」

善兵衛に言い放った。

「くそっ」

太刀打ち出来ぬと見たか、善兵衛は床を蹴って表に走り出ようとしたが、秀太が飛びついた。

「神妙にしろ」

秀太は組み付くと、満身の力で組み倒し、十手で打ち据え、善兵衛の首に十手を突きつけた。

外に走り出た遊び人風の男も、表で待っていた豊次郎と市之進に打ち据えられた。

おなみは、秀太が後ろ手にしばった善兵衛に、よろよろと近づくと、落ちていた竹笛を拾い上げて、吹いた。

小さな音だが、澄んだ音色が家の中を駆け巡る。

「…………」

顔を歪めて聞いている善兵衛のもとに近づくと、おなみは竹笛を善兵衛の胸元に押し込んだ。

「行くぞ」

秀太に背中を押されて善兵衛は外に出た。外では若い遊び人風の男も豊次郎と市之進に両手を縛られて立っている。

善兵衛と若い遊び人風の男が、秀太たちに連れて行かれると、おなみはへなへなとそこに座り込んだ。

「おなみ、おこうたちが待っているぞ」

平七郎が声を掛けると、おなみの目から大粒の涙があふれ出てきた。

「おなみは、今日が新しい始まりの日だな。そう思ってやり直すのだ。苦しみを乗り越えた時、本当の幸せを摑むことが出来る。俺はそう信じているんだ。困った時にはいつでも言ってくれ。俺だけじゃない、おこうだって、みんなおまえの味方だ」

平七郎の言葉に、おなみは泣きながら頷いた。

十日ほど経ったある日の朝、一文字屋から旅姿で出て来たのはおなみだった。

おこうに辰吉、そして平七郎、豊次郎に市之進も見送りに出て来る。

「お世話になりました」

おなみは頭を下げた。

「気持ちが落ち着いたら、また出て来てくださいね」

おこうが道中必要な薬や飴など辰吉に渡して、

「辰吉に板橋まで見送らせますから。重たい荷物は全部持って貰えばいいんですよ」

おなみに笑って言った。

「ありがとうございます。私、平七郎様の言葉を忘れません。今日が始まりの日だと思って頑張ってみます」

深々と頭を下げた。

「おなみちゃん」

その時だった。秀太と世之介が走って来た。秀太が世之介におなみの帰国を知らせたのだ。

「世之介さん……」

世之介は、はあはあ言いながら走り寄ると、

「私も板橋まで送って行くよ。師匠にも許可を貰ってきたんだ。ついでに板橋に

は有名な蕎麦屋があると聞いていておごるよ、一緒に食べよう。宿場も描いておこうと思ってね」

世之介は照れた顔で言い、脇にぶらさげている筆と紙を見せて笑った。

おこうは平七郎と顔を見合わせて微笑む。誰もが世之介の見送りが、おなみの心を癒してくれるに違いないと思ったのだ。

おなみは明るい顔で平七郎たちに一礼すると、辰吉と世之介に守られるようにして一文字屋を後にした。

「圭次郎の調べは進んでいるのですか……」

おこうは、おなみたちを見送りながら平七郎に聞いた。

「今難波屋の大旦那に飲ませていた薬について詮議しているところだと聞いているが、おなみ拐かし、久兵衛殺しの下手人としての裁断は下されている。死罪は免れまい。おなみは今はこの江戸にいない方がいいのだ」

平七郎は言った。

おなみが振り返って手を振っている。その姿を、つきそっている世之介がじっと見詰めている。

――あの二人の胸の中では、竹笛の音が、それも小さく共鳴しあっているのかもしれない。

手を振り返しながら、ふっと平七郎は思った。

第二話　つくつく法師

一

「まったく、橋の上に荷物を置きっぱなしで逃げるとは、とんでもないよ。以後、こんなことをしたら没収するぞ。荷物は返さぬ。分かったな！」

豊次郎は、親父橋の上に集まって神妙に頭を垂れている十人ほどの町人たちを叱りつけているのだった。

この町人たちは、昨夜葭町筋にぼや騒ぎがあったおり、家財を持ち出したものの、逃げ遅れるのを恐れて親父橋の上を火除地のように扱い、荷物を積み上げ、置きっぱなしにして対岸の町に逃げていた者たちだ。

お陰で火事騒動はおさまったが、橋の上が荷物で塞がれ、通行不能になっていると町奉行所に苦情があった。

そこで平七郎と秀太が駆けつけてみると、一足先にやって来ていた豊次郎と市之進が、荷物を取りに来た町人たちを集めて叱りつけているところだった。

この橋の長さは、十一間と三尺（二〇・七メートル）、幅は三間五尺（六・九メートル）。その橋床に乱雑に簞笥や火鉢、布団や鍋釜が所狭しと積み上げられているのである。

豊次郎と市之進が先に来て叱りつけていなければ、平七郎たちが灸(きゅう)を据(す)えるところだったが、もうその必要はない。

それどころか、二人の叱り方は粘着質で止みそうもない。まるで定町廻り(じょうまちまわり)を外された鬱憤(うっぷん)を晴らすかのように、口から泡を飛ばして叱っているのだ。

豊次郎にも市之進にも、平七郎は助っ人を頼んだ覚えはない。だが二人は、火事騒ぎを聞きつけて、勝手に駆けつけて来たようだ。その迅速(じんそく)な行動は舌鋒(ぜっぽう)の鋭さにもありありと見える。

「ぼやですんで助かったが、大火事で火の粉(こ)がここに飛んで来ていたらどうなった?………家財が燃え上がり、その火は橋を全焼させたに違いないのだ。橋が焼け落ちていたなら、お前たちのせいだということになる。謝(あやま)ってすむものではないのだ!」

市之進は十手(じって)ならぬ木槌(きづち)を振り回して怒鳴(どな)り続ける。

平七郎も秀太も側にいるが、出る幕はない。

――これじゃあどっちが、本当の橋廻りか町人たちには分かるまい……。

それに、振り回しているのが十手ではなく木槌というのもいかがなものか。どこで何時こしらえたのか知らぬが、二人の役人としての席は定仲役だ。

秀太は、苦笑いして平七郎に顔を向ける。

「申し訳ありません。すぐに片付けますので……お叱りはそれぐらいで、皆命からがら逃げたような状態でしたので」

一番年長と思われる大家のような初老の男が詫びを入れる。

だが、それで頷いて許す豊次郎と市之進ではない。

「よくよく反省すれば今回に限り許してやっても良いが、そもそもこの橋は、どんな由来があっての橋か分かっているのか？」

豊次郎は俄に仕入れた親父橋の由来を質す。

「はい、東照神君様がこのお江戸にお入りになってまもなく、庄司甚右衛門という人が、この親父橋東のところに遊郭を成すことを願い出て、二町四方の場所を提供されたと聞き及んでいます。同じ頃にこの橋が出来まして、その甚右衛門さんが普段から皆の者に、親父、親父と親しみを持って呼ばれていたことから、親父橋と名付けられたと聞いております」

初老の男は神妙に答える。

「さよう」

市之進は大きく頷くと、

「庄司甚右衛門は元和三年（一六一七）三月に評定所にて請願、着工は同年夏、営業が出来たのは翌年十一月だったらしいが、この辺りはその頃は、葭や葦が繁って、これらを刈り取り、地形を整備するのは大変だったというぞ。そういうご先祖の方々が命をかけて開いた場所だ。日々心して暮らさねば、勝手気ままなことばかりしていたらバチが当たるぞ」

俄に仕入れた知識をひけらかしているが、火事とはさほど関係がないようにも思える。

「市さん、豊さん、それぐらいにしてやったらどうだ」

ついに平七郎が声を掛けた。

「よし、ただいま橋廻り役、立花殿のお許しが出た。皆、急いで片付けなさい」

豊次郎の号令で、町人たちは一斉に家財道具を片付け始めた。

「ああ、やれやれ。油断していると何をやらかしてくれることやら。平さん一杯やって帰りましょうよ」

秀太は両腕を高く上げ、伸びをして言った。

四人が親父橋を後にしたのは七ツ半（午後五時頃）過ぎ、太陽が西の空に沈む半刻（約一時間）前だった。

「どうです。小網町あたりで……」

豊次郎が言う。

「行きましょう。四人の絆を深くするためにも……」

市之進も歯の浮くような台詞を言う。

「しかし良いのですか。定仲役の方は大丈夫なんですかね」

秀太が案じ顔で訊くが、

「ふっふっ、これを見れば分かるでしょう。豊さんと二人で、知り合いの大工に特別に作らせたものですよ。樫の木で出来ていますからね」

市之進は懐から木槌を出して自慢げに見せる。

秀太はなんとも返事をしかねて、くすくす笑った。

かつていがみ合っていた間柄ではあるが、今は気の置けない仲間であり協力者であり、また役人の悲哀を味わった同病相哀れむ仲といってもいい。

昔の垣根は既になく、互いを想い合うようになっている。

四人はたわいもない冗談を言い合いながら、まもなく小網町にさしかかった

が、

「何ですか、あれは……」

豊次郎が前方を指した。

小網町に架かる荒布橋袂の蕎麦を売る屋台の側で、喧嘩が起こっているようだ。蕎麦を入れた箱やどんぶり鉢がぶち撒かれているのが見える。

平七郎は皆と顔を見合わせると、そこに向かって走った。秀太たちも平七郎に続く。

走って行く四人が目にしたのは、初老の男の首ねっこを摑んだ若い男が、次の瞬間、足をかけてぶっ倒し、馬乗りになったところだった。

「止めろ！」

平七郎は、若い男の背後から腕を摑んでねじ上げた。

「な、何をしやがる！」

若い男は叫んで、平七郎にあらがった。

秀太たちが、素早く老人を庇って抱き上げる。

老人は壊れかけた蕎麦屋の屋台をうらめしげに見やり、荒い息をついている。

「何が気にいらなくて、蕎麦屋の親父を殴るのだ？」

平七郎が一喝した。

「な、何って……う、うるせえ……言うことを聞かないからだ」

若い男は口を濁した。

「言うことを聞かない……そりゃあどんな訳だ？」

平七郎は、摑んでいる手にぐいと力を入れる。

「いてて、放せ……詳しく知りたきゃあ、その親父から聞いてくれ」

「何……」

と視線を親父に向けると、親父は困惑したように顔をそむける。

平七郎は、親父には平七郎たちにありのままの話を出来ぬ何か深い訳でもあるのかと察し、

「分かった、親父さんにはあとから聞こう。それより、この腕放してほしくば、まずはお前の名前と住処を言うのだ。万が一嘘偽りを教えていたと分かれば、この御府内の隅々まで探し出し、小伝馬町にぶち込むぞ」

若い男を一喝した。

秀太に豊次郎、そして市之進も若い男をじりっと取り囲む。

「わ、分かったよ。名乗りゃあいいんだろ。俺の名は伊八だ。住まいは富沢町の

おたふくってぇ長屋だ。もっとも家賃が滞ってていつ追い出されるか分からねえけどよ」

勝ち目はないと見て、吐き捨てるように言った。

「よし、今日のところはここまでだ、行け」

平七郎が手を放すと、若い男は後も振り返らずに走り去った。

「親父さん、何があったのだ？」

平七郎は、足をさすっている親父の顔を覗いた。

「へい、所場代を渡せって言われやして……」

親父は、よろりと立ち上がる。

「みかじめ料というやつか……」

「ですが十日前に五百文渡したばかりです。このような商いでは食っていくだけで精一杯ですから、そうたびたびは無理だと言って断りましたら、いきなり殴られまして……」

親父はすっかり諦めた顔で言い、こんなしがない商売をしておりますと、あんな連中と手を切るのはむずかしいですと苦笑した。

「あの男、伊八と名乗ったが、間違いないのか？」

秀太が訊く。

「へい、一度耳にしたことがありやす」

「いつから脅されているんだ？」

「半年ほど前からです。半年ほど前にあの男はふらりとやって来て、自分は火付(ひつけ)盗賊改方(とうぞくあらためかた)の御用聞きとは懇意(こんい)だと言って……」

「何、火付盗賊改方だと……」

平七郎は聞き返す。

「へい、言うことを聞けば、ならず者から守ってやると……」

「何言ってるんだ。あいつがならず者じゃないか。親父、二度とあの男の言いなりになってはいかんぞ。また脅されるようなことがあったら言ってくれ」

秀太が言った。

「親父、酒は無事だったんじゃないか……気分直しに一杯貰(もら)おうか。冷(ひ)やでいいぞ」

平七郎の言葉を待っていたように、秀太たちは樽(たる)に腰掛けたり、側(そば)の石に腰(こし)を据(す)えた。

親父は頭を下げると、屋台の下をごそごそやっていたが酒徳利(とっくり)と四つの湯飲みを取り出した。するとすぐに秀太がそれを受け取って酒を注いで配った。

「美味いな、どこの酒だ？」

平七郎が一口飲んで訊く。

「へい、武蔵野の地酒でございやす。夜は明ける、という酒です」

親父は言った。

「ほう、夜は明けるか……良い名前だ」

平七郎は微笑んで親父を見た。

「武蔵野の貧しい小百姓たちが、明日の幸せを信じて作り始めた酒でございやす」

「夜は明けるか……」

平七郎は独りごちる。

「へい、あっしも、そのように願っておりやして……」

親父は、ぎこちなく笑った。

平七郎は酒を口に含み、親父に頷きながら、あれだけの暴力に耐え、しかも泣き言をいうふうでもない親父の昔は、果たしてどういうものだったのかと、ふと思った。

「ようし、親父、今夜は俺たちで、夜は明けるを、ぜーんぶ飲み干すぞ」

市之進が気勢を上げた。

二

「よう」

平七郎は北町奉行所の廊下で声を掛けられて振り向いた。

今日は上役の与力、大村虎之助に五日に一度の橋廻りの報告の日で、秀太と一緒である。

「要一郎じゃないか、久しぶりだな」

平七郎は声の主に驚いた。

篠田要一郎とは、幼なじみで同い年だ。八丁堀の組屋敷では、お互いの家を行ったり来たりして毎日つるんでいた仲だ。

元服してからは見習いを経て本役勤めに入った訳だが、平七郎は定町廻りを、要一郎は赦帳撰要方人別調掛を命じられた。

赦帳撰要方人別調掛とは、判決を受けた囚人の名前や罪状を記した名簿の作成、恩赦該当者名簿の作成の他、判例集の『撰要類集』の作成、名主から上がってくる人別帳の管理などを担当している。

お互いに勤務する場所が、奉行所の中と外では、滅多に会うこともなかったのだが、

「いや、久しぶりにおぬしの家を訪ねてみようかと思っていたところだ」

要一郎は言った。

「珍しいことをいうものだな。もしやおぬし、妻を娶るのか……それで俺に報告したいということか？」

平七郎はからかった。会った途端に昔の気の置けない間柄となる。

「馬鹿な、そんな話じゃないよ」

要一郎は、廊下の端に手招くと、声を落として、

「おいさのことを覚えているか？」

突然女の名を出した。

秀太は少し離れたところから、聞き耳を立てて二人の会話を聞いている。

「おいさ……おいさがどうかしたのか？」

平七郎は聞き返したが、俄に胸の内が奥からざわつくのを感じていた。

「覚えていたか……そうだよな、忘れる訳はあるまい。おぬしはおいさに随分と世話になったからな」

要一郎のその言葉に、平七郎は一瞬秀太の存在を気にして視線を泳がせたが、

「箱根に行ってきたのか？」

要一郎に訊く。

「いや、箱根じゃないよ。この江戸においさがいるのだ」

「何……どういうことだ？」

平七郎は訊かずにはおられない。

「たまたま立ち寄った居酒屋にいたんだ。驚いたよ。おいさは箱根からこの江戸に出て来て、居酒屋をやっているのだ」

「…………」

平七郎は驚いていた。

「あれから十年だろ……俺も最初は人違いかと思ったんだ。厚化粧をしているしな。だが、口元のほくろも昔のままだ。そこで名前を出して尋ねてみようかと思ったんだが、止した。女も俺に対して一見の客扱いで、初めて会った客として接していたからな。とうとう訊けずじまいで店を出て来たんだが、あれは間違いな

い、おいさだ」

要一郎は言い切って平七郎の顔を見た。

「しかし、驚いたな。何があったのだ」

平七郎の胸に不安がよぎる。

「さあな、おいさかどうか確かめるために、どうだ、おぬし一度行って見てこないか」

要一郎は平七郎の顔を窺（うかが）う。

「ふむ」

平七郎はほんの少し考えていたが、尋ねた。

「その店はどこにあるのだ？」

「親父橋の近くだよ」

要一郎は言う。

「何、親父橋だって、一昨日ぼや騒ぎがあったばかりだったのだ」

平七郎は橋の上で騒ぎがあって駆けつけた話をした。

「ふむ、親父橋の近くと言ってもな、甚右衛門町だ。隣の町の六軒（ろっけん）町との間に路地があるが、そこから入ったところだ。店の名は『つくつく法師（ぼうし）』だ」

要一郎は言った。

「何、つくつく法師だと……」

平七郎は、どきりとして聞き返す。

「そうだ、面白い名前だろ。近いうちに一緒に行ってもよいぞ。考えておいてくれ」

要一郎はそう告げると役部屋に引き揚げて行った。

「平さん……おいさって人、どういう人なんですか？」

秀太は、北町奉行所を後にしてから平七郎に訊いてみた。

「なに、昔世話になったことのある女、それだけだ」

平七郎は軽くいなすが、

「どんな世話になったんですか？」

納得して質すのを止める秀太ではない。

「うむ……」

平七郎は黙って数歩歩いていたが、

「まだ見習いの頃に要一郎と二人で箱根の温泉巡りをしたことがあるのだ。箱根七湯を廻り、最後に山の奥の温泉宿に泊まったのだが、おいさというのはその宿の娘だったんだ。逗留中にずいぶんと世話になってな……」

平七郎は極力感情を殺した言い方になったが、それ自体秀太は怪しいと感じたらしく、にやりにやりと笑いながら頷いて、

「怪しいな、平さんも隅に置けないからな……」

つんつんと平七郎の腕をつっつく。

「馬鹿、そんな仲じゃないよ。お前、変な尾ひれをつけて人に話すんじゃないぞ」

平七郎は釘を刺したが、

「はいはい、内緒ですね。分かってますよ」

秀太は鬼の首を取ったように笑って見せた。


その日の夕刻、平七郎は着流し姿で甚右衛門町の路地に立っていた。親父橋は目と鼻の先だ。

またこの町の北側にあるよし丁周辺は先日ぼや騒ぎがあったところだが、今立っている路地裏は、ぼや騒ぎがあった痕跡は見られなかった。

路地の両脇には古い家が軒を連ねて建ち並び、小さな店が細やかな商いをして

いる、そんな町だった。

平七郎は小さな店の一軒一軒を確かめながら、胸の内がざわめくのを感じていた。

――要一郎がおいさに違いないと言ったが、本当だろうか……。

役宅に帰ってからも要一郎の話を思い出し、本当においさなのかどうか考えていたのだが、この目で確かめずして、過ごすことは出来そうもない。

平七郎はそう思い立ち、着流し姿でやって来たのだ。

なにしろ、おいさという名も日々の暮らしの中、すっかり記憶の奥に埋もれてしまっていた平七郎だ。だが要一郎の話を聞いたことで、一気に昔に呼び戻されたのだった。

それは要一郎さえも知らない、おいさとの数日間に及ぶ淡い思い出が甦(よみがえ)ってきたからだ。

秀太にも話さなかった十年前のその出来事とは、箱根の山深い人里離れた小さな温泉宿でのことだった。

その宿は箱根でも無名の温泉場で、娘と父親の二人で営(いとな)んでいた。

秋風が吹き始めた頃のことだ。平七郎と要一郎は箱根の七湯をめぐるうちに、細工物などの土産物（みやげもの）を売っている中年の女から、秘境にある湯の宿の話を聞いた。

　おくまという女で、半月に一度その宿に米や干物（ひもの）などを届けているという。

　宿は一軒、渓流に建つ人里離れたところだが、湯の質は良いと教えてくれた。

　そこで二人は、江戸に戻る三日前に、さる渓流を辿って山の奥に入った。

　そして、渓流沿いに一軒の宿を見つけたのだった。

　宿の名も無い、板葺（ぶ）きの小さな宿で、他に客はおらず、二人は二泊したいと頼んだ。すると親父は、

「ご覧の通り、手前の宿は町とは遠く離れておりやす。お客は米や野菜は自分で持参して調理することになっておりやして……いえ、魚だけは川魚を、こちらが用意してお出ししておりやすが……この宿が提供出来るのは、温泉と座敷一部屋でございやす」

　開口一番そう言ったのだ。

「困ったな、米も野菜も持ち合わせておらんのだ」

　平七郎が困惑した顔で伝えると、

「そうですか。では、米も野菜もこちらで用意いたしやしょう。ただし、持ち合

わせのない方は部屋代は倍ほどになりますがよろしいでしょうか」

親父は、二人の顔を窺った。

「むろんだ、よろしく頼む」

二人は親父の条件を呑んで宿泊することにしたのだった。

宿の者二人の他には人の影さえ見えぬ秘境の宿は、露天の風呂も格別の趣(おもむき)があった。

谷川をのぞみながら湯につかるようになっているのだが、湧き出てくる湯に谷川の水を割り竹で引いてきて埋めていた。

その湯加減たるや絶妙で、露天に流れる空気は草木の香りに満ち、湯につかっていると、風が頰(ほお)を撫(な)で、湯のほてりを冷やしてくれた。

その夜は宿の食事を頂いた。ヤマメの干物と山菜のおひたし、それに大根の漬け物だった。粗末だったが、野趣あふれる馳走だった。

この時に父親の名は権蔵(ごんぞう)で、娘の名はおいさだと教えてくれた。

もちろん平七郎たちは宿を借りる時に名乗っている。

翌日は、その晩の魚を釣るのだと親父に告げて竿(さお)を借り、平七郎は要一郎と二人で谷川に下りて行った。

自分たちで釣った魚を夕食にして、翌日は江戸に向かって出発する。二人は思い出に渓流釣りに挑戦したのだった。

ところが、平七郎は苔の張った石に足を乗せた瞬間不覚にも渓流の中に滑り落ち、右足をくじいてしまったのだ。

谷川から宿に戻るまでは要一郎の手を借り左足を頼りにして歩けたのだが、瞬く間に右足首は腫れ上がり、歩けなくなってしまった。

「骨は折れてないようだが、これじゃあ江戸に戻れないな」

要一郎は案じ顔で平七郎に言った。

「すまぬ、不覚をとったな」

落胆し、詫びる平七郎に、

「ちょっと待ってください」

権蔵はおいさに手伝わせて湿布薬を作り、それを平七郎の右足首に貼り付けた。するとおいさが、さらしを引き裂き、手際よく巻いてくれた。

おいさの柔らかな手が足に触れた時、平七郎は内心どぎまぎしたが、権蔵や要一郎には悟られぬよう気を配っていた。

「湿布は小麦粉に焼酎と酢を混ぜ合わせたものです。明日になったら、町に出て医者に相談してみましょう。ここまで来てくれるかどうか分かりませんが、塗り薬は貰えますから」

動かさないようにしていれば、五日か十日か、それぐらいで治るのではないかと権蔵は言った。

平七郎と要一郎は相談の上、まずは要一郎だけが江戸に戻り、この状況を親や役所に伝えること、それしか方法はないだろうということになった。

要一郎は自身の持ち金を宿賃の足しにするよう平七郎に渡し、翌日権蔵と宿を出て行った。

残された平七郎は縁に座って谷川を眺めながら、父や母が心配するだろうことや、勤めを休むことで同僚や先輩に迷惑をかけることなど考えて、気持ちが塞いだ。

そこにおいさがお茶を運んで来た。

「平七郎様、痛みますか？」

「うむ。世話を掛けるな」

平七郎は苦笑して言った。

若い女と二人っきりになり、ぎこちない照れくささがあった。これまでこんな経験は一度もなかったのだ。むろんまだ女も知らない平七郎だ。

「いいえ、遠慮は無用です。湿布をとりかえますね……」

おいさは、投げ出している平七郎の右足に自分の膝を寄せると、巻いていたさらしの布をほどき始めた。

「！……」

おいさの柔らかくてひんやりとした手の感触に、平七郎はどきりとした。おいさは平七郎の足を抱え込むようにして、手際よく湿布を取りかえ、再びさらしの布を巻いていく。

平七郎は、おいさのなまめかしい髪油の匂いと、白い襟足を目の前にして、騒ぐ心のたかなりに困惑していた。

何かをしゃべれば騒ぐ心をごまかせると思ったが思いつかない。平七郎はただ黙って、谷川を眺めるばかりだ。

その谷は深く、大きな石がごろごろしていて、石と石の間を白い水しぶきを上げて澄んだ水が流れている。

対岸の斜面には木々が茂っている。まだ青々としたもみじの清々しさ、水際近くに繁るシダや、うすむらさき色の野菊にも心を誘われるものがある。

黙って座る平七郎の耳に、蟬(せみ)の声が聞こえてきた。

つくつく法師の鳴き声だった。

湿布の後始末をしたおいさも、平七郎により添うように座りつくつく法師の声を聞いていたが、

「毎年つくつく法師の声が聞こえなくなると、一気に秋が深くなって冬が訪れます。おっかさんがまだ元気で、弟もいて、こんな山奥でも賑やかで楽しかった暮らしを送っていた頃には、蟬の声に格別な思いをいだくことはありませんでしたが、おとっつぁんと二人の暮らしになってみると、なんだかもの悲しく聞こえて……だってここにやって来るのは、平七郎様が話を聞いたという、土産物屋のおばさんだけなんですもの」

しみじみと言った。

「おっかさんは亡くなったのか？」

平七郎は聞き返した。

「ええ、長患(ながわずら)いの末に亡くなりました」

「そうか……」

平七郎は頷いた。自分も産みの親を亡くしている。幸い里絵という義母(はは)が今は

いて、母親のいない寂しさを味わうことはないが、自分と同じように母を亡くしたと聞けば心も動く。

「で、弟は……」

ちらとおいさの横顔を見る。おいさは、ふっと笑って、

「出て行ってしまいました。いろいろあって……」

そう言ったが、それ以上話したくないようだった。

平七郎は一拍おいてから、

「いや、しかしここから見る景色は、なかなか江戸では味わえないものだな。こんな怪我(けが)さえしなければ、あの谷川で川魚を何匹も釣っていたに違いないのだ、まったく口惜(くや)しい」

大げさに強がりを言ってみせると、ころころとおいさは笑った。この時初めて平七郎はおいさの顔をまじまじと見た。

おいさは色の白い丸顔の女だった。鼻は高くないが目が優しく、口元に可愛(かわい)らしいほくろがあった。

江戸の若い娘のように、白粉(おしろい)をぬり紅(べに)をさしていない素の顔は、純朴で媚(こ)びのない好ましい娘に見えた。

歳は平七郎より三つ四つ下だと思っていたが、後に三歳上の二十歳だと分かる。

この時、二人は何か格別の会話をした訳ではなかったが、一緒につくつく法師の声を聞いたことで、それまでにない近い存在になったように感じていた。

その思いは、おいさに足の手当てをしてもらうたびに募っていったのは紛れもないことだった。

手当をしてもらうたびに間近に感じる女の体は、若い男の衝動的な行動を誘うのに十分なものだった。

だが平七郎は、そうはしなかった。しなかったからこそ、おいさとの思い出は心に残っている。

要一郎が江戸に戻ってから十日ほど後に、平七郎はその宿を後にした。

別れ際においさの目に、涙が光っていたことも忘れてはいない。

そのおいさに似た人が、この江戸にいるという。その人が本当においさなら、会って礼を言いたいと思うのは、人としての礼儀だと平七郎は自分に言い聞かす。

——ここだ……。

平七郎は、路地の奥にある店の前で足を止めた。

軒行灯(のきあんどん)に『つくつく法師』とある。

平七郎は、ひと呼吸してから、戸に手を掛けた。

三

「いらっしゃいませ！」

明るい女の声と共に、店内にいる酔っ払った男たちが目に入った。

店は樽の腰掛けが五、六人分あり、酒や肴(さかな)を出す板場がよく見える造りになっていて、それとは別に、二畳の小あがりの座敷に衝立(ついたて)を境にして二組が座れるようになっている。

ただ十人も客が入れば一杯になるような、小さな居酒屋だった。

どこに座ろうかと平七郎は一瞬迷った。樽の腰掛けには、くだを巻いている男三人がいる。小あがりの座敷の方はというと、衝立の向こうに一人客がいるようだ。

「どちらのお席に……あちらの方も空(あ)いておりますよ」

女は小あがりの座敷の方を示して言った。

赤い紅を厚く塗った口元が、妖艶な笑みを送ってくる。深く抜いた襟からは白い肌が見えている。むんむんとした女の色気は、十年前のあの純朴なおいさからは想像も出来ないが、

――やはりおいさだ……おいさに違いない。

平七郎は、女の口元にあるほくろを見て、そう思った。

要一郎が言っていたように確かに厚化粧だ。水商売上がりかと見紛うほどだが、口元のほくろだけでなく、目元もおいさのものだと思った。

だがおいさは、平七郎に気づいていないようだった。

「いや、腰掛けにしよう。酒は冷やでいい。肴は女将のお勧めのものを頼む」

平七郎は、樽の腰掛けに座ると酒を注文した。

「これはこれは、旦那は初めてですな。よろしくおねげえいたしやす」

すぐに隣に座っていた男が声を掛けてきた。

「こちらこそ」

平七郎が返事をすると、

「ここの女将は実に気立てが良いんだぜ。それにご覧の通り色気もある。こんな

べっぴんを眺めながら飲む酒はたまらねえ。むろん肴もうめえんだぜ。だからあっしたちは、しょっちゅう来ているんでございやすよ」

困惑する平七郎にかまわず話しかけてくる。

「そうですか、酒も肴も美味い……そりゃあ楽しみだ」

「旦那、袖振り合うも他生の縁っていいやすからね。まずはあっしたちの名をお伝えしておきやす。あっしは留五郎っていうしがねえ畳職人でございやして、そんでもってこいつは飾り職人の伸次、その向こうに座っているのが貸本屋をやっている与兵衛てえ男です。みんな女将にぞっこんなんです」

酒臭い息を吐きかけながら留五郎という男は言った。そして、

「旦那は……旦那の名は、なんとおっしゃるんで？」

上目遣いに訊いて来た。

「うむ、俺は立花という」

平七郎は一瞬ためらったが名乗った。

そしてちらと肴の用意をしている女将の方に視線を投げた。女将の表情が立花という名に反応しないかと注視したが、女将の化粧の濃い横顔に変化は見られなかった。

——立花という名は聞こえた筈だ。女将がおいさなら、反応があるはずだ……。それがないということは、やはりおいさではないのか……平七郎の頭は混乱し始める。

そこへ女将が、酒と肴を運んで来た。

「こちらはイカの甘辛煮、そしてこちらはなすの浅漬けです。お酒は、夜は明ける、という地酒です」

ぷんと化粧の匂いが平七郎の鼻をつく。

「何、夜は明ける……先日蕎麦を売っていた爺さんも、この酒を出してくれたが……」

平七郎は一口飲んで、

「やっぱりそうだ。あの折の酒だ、美味いな」

女将に笑みを送った。

「ありがとうございます。この店はご覧の通りの気の置けない人たちが集まる店です。どうぞごひいきに……」

にっこり笑ったが、やはり紅を濃く引いた口元が毒々しい。

「女将、この旦那は立花さんだとよ。今俺たちも名乗りを交わして友達になったところだぜ」

留五郎は嬉しそうな声を張り上げる。

「立花様……」

女将は復唱して平七郎の顔を見ると、

「昔私は立花様によく似た方にお会いしたことがございます」

親しみを込めた目で言った。

「そうか、俺も女将によく似た人を知っている。その人の名は、おいさと言ったが……」

平七郎が苦笑いを浮かべるとすぐに、

「旦那、この女将は、おるいさんていうんだよ。でもよ、お互い思い出の人によく似た人に会えるなんて何だか芝居めいているじゃねえか」

留五郎が心底感心して言ったその時、表の戸を乱暴に開けて中年の男が入って来た。頬に刀傷のある町人で、濃茶の縦縞の入った着物に雪駄履きだ。目が異様に鋭い男で、店の中を見渡した。

留五郎たちはぎょっとして首を引っ込め、入って来た男に背を向ける。

だが男は、そんな三人の背を見て、

「ふん、頭隠して尻隠さずだ！」

留五郎たちが腰掛けている樽椅子を蹴り上げた。

びくっとして留五郎たちは身を縮める。

「乱暴はよせ」

平七郎が言った。すると、きっと平七郎を睨んで、

「ふん、余計な口を挟まんでもらいたい。こいつらはあっしに借りがあるんでさ。その借りを返せないからこのザマだ」

「富蔵さん、それぐらいにしてくださいな。他のお客様もいらっしゃることですから……」

女将は言ったが、富蔵という男は今度は女将に手招きし、女将がしぶしぶ近くに寄ると、

「どうだい、長吉に似た男を見たっていう者がいるんだが、まさかここに帰って来てるんじゃないだろうな」

着物の裾をまくって汚い膝小僧を見せる。

「いえ、帰って来たらお知らせします」

女将は言った。

「ふむ、俺に嘘はつかねえでもらいたい。嘘をついたらただじゃおかねえぜ」

富蔵は蛇（へび）のような執拗（しつよう）な目で女将を睨む。

すると客の留五郎たち三人は今ぞとばかり、

「お、女将、また来らあ……」

こそこそと帰って行った。その三人の背を、せせら笑って見送った富蔵は、また女将に顔を向けて、

「それとだ、金は出来たんだろうな」

汚い膝小僧を出した足を大げさに上げ、樽を踏みつけて睨んだ。

「いえ、それもまだ……」

女将は言った。

「何度も言うが、黒島屋（くろしまや）の旦那は、おめえさん次第だと言ってるんだぜ。よく考えることだな」

富蔵はそう言って店を見渡してから、

「客もこんなに少ないんじゃあ返済の目処（めど）もたつめえよ。今度ここに来るまでには腹を決めておくんだな、いいな」

富蔵は脅しともとれる言葉を並べると、ちらと平七郎を一瞥（いちべつ）してから帰って行

った。

女将は大きく息をつく。その顔は、今帰って行った男に深い憤りを感じているように見えた。

「女将、今の男は何者だ……」

平七郎は、盃を置いて訊いた。

「ええ……」

ほんのいっとき、呼吸にして二つほど女将は迷った顔をしていたが、

「火盗改で御用聞きをやっているのだと聞いています」

言いにくそうに告げた。

「そうか、火盗改か……」

呟く平七郎に、

「嫌な思いをさせてしまってすみません」

女将は言った。

「そんなことはいいんだ。だがせっかくの酒がまずくなった。また近いうちに来る、何か困ったことがあるのなら話を聞くぞ」

平七郎は、銭を置くと外に出た。

呆然として見送ったおるいの前に、

「勘定を頼むよ」

座敷にいた客が出て来て言った。

秀太だった。秀太はひと足先にこの店に来ていたのだ。

四

「という訳なんだ。ちょっと心配しているんだけどね」

秀太は昨夜、つくつく法師の店で見聞きしてきたことを、おこうや辰吉、それに豊次郎と市之進に話し終えると腕を組んで案じ顔をしてみせた。だがその目は案じ顔とは反対に、思いがけずお手柄を拾ってきたような、得意げな顔に見える。

「信じられねえな、平さんに昔の女がいたなんて……」

辰吉は半信半疑だ。

おこうは口を閉ざして何か考えているふうだ。心穏やかでないことは一目瞭(りょう)然(ぜん)だ。

「若い時の話なんだから、誰にだって多少のことはあるさ」

市之進が庇って言えば、

「しかし、あの堅物の平さんがと思うと、ちょっと安心したな。いや、俺たちと変わらない、やっぱり男だったってことだ。石部金吉、木偶の坊でもない限り、女は男を慕う、男は女を慕う。これは当たり前のことなんだから……」

豊次郎は言ってから、はっとしておこうを見た。

おこうは、ふっと苦笑すると、硬い表情で秀太に訊く。

「親父橋の東、甚右衛門町の路地裏ね、そのお店」

「つくつく法師っていう店だけどね」

秀太は答えたが、余計な話をした迂闊さを反省した顔だ。

なにしろおこうは平七郎をずっと慕っていて、探索の協力も親父の代から変わらずしてきている。

先頃は日本橋にある絵双紙屋『永禄堂』の若旦那仙太郎に求婚されて、いっとき考えていたようだが、断ったとも聞いている。

ただ、仙太郎が諦めたという話は聞いていないから、その後どうなっているのか周りの者は気をもんでいるところだが、仙太郎との話がどうあれ、おこうが平七郎を慕い続けているのは紛れもないことだ。

「おこうさん、何も気にする程のことじゃないって」

市之進はとりなしたが、

「私、皆さんが心配しているような気持ちでお店の在処を訊いたんじゃないんです。この間平七郎様に聞いた、蕎麦屋の親父さんを脅していた伊八って人、あの者は火盗改の御用聞きと懇意だと言って日銭を巻き上げているって言ってたでしょ。今度の話も火盗改の御用聞きが関係している、ひっかかるのよ」

おこうは言った。

「その通りだ」

噂をすればなんとやら、平七郎がやって来た。

「平さん……」

市之進が苦笑いで迎えると、

「辰吉、伊八っていう男を調べてくれたか」

平七郎は言った。

「へい、もちろんです。富沢町のおたふくという裏店を当たってみましたよ。そしたら確かに奴は暮らしておりました。ただ、なんで食っているのか分からない。昼間は寝ていて、夕方になったら出かけて行くんだって長屋の者たちが言っていました」

平七郎は頷いて、

「おそらく脅し稼業にせいを出しているか、悪所通いをしているか……まともじゃないな」

みんなの顔を眺めて言った。

「俺が気になっているのは、あの親父さんを脅したように、あのあたり一帯に店を出している者みんなに脅しを掛けている訳じゃあないようなんだ」

「どういうことですか、平さん」

秀太が訊く。

「気になって、あれから数軒当たってみたんだが、そこには脅しは掛けていなかったんだ」

「えっ、どういうこと？」

秀太は怪訝な顔だ。

「脅しを掛けて金を巻き上げることが出来る者にだけやる。つまりスネに傷持つ者に限って脅しを掛けて金を巻き上げているんじゃないかと……」

平七郎は言った。

「ちょっと待ってください。すると、あの爺さん、何か因縁を付けられる傷があるってことですか」

豊次郎が驚いて言った。

「おそらくな。脅している者が、火盗改に繋がる者となると……」

平七郎の言葉に、秀太が、

「爺さんはただ者じゃないってことも……」

いっぱい食ったかという顔で皆と顔を見合わせる。

「平さん、手分けして調べてみましょう」

市之進が言う。

「うむ、先ほど言った一帯の店を当たって、どの店が何の理由で脅されているのか調べてみてくれ。それと、伊八って男と富蔵という御用聞きとの繋がりもな。富蔵が本当に火盗改の手先だとすれば、これは今お役を賜って（たまわ）いる二人の火付盗賊改方も黙ってはおれなくなる。火盗改の人間が悪事を働いているということになるんだからな……」

平七郎は皆が頷くのを確かめてから、辰吉に言った。

「辰吉、すまないが箱根まで行って来てもらいたい」

その夜から雨は降り続いた。雨は時に叩きつけるような降り方をした。橋を廻るのも足止めをくらったような案配で、平七郎は縁側に立ち、庭の前栽に降りしきる雨の行方を考えていた。

増水で家屋に影響が無いように、また橋が流水に壊されるような惨事にならないようにと祈るばかりだ。

するとそこに、母の里絵が急ぎ足で近づいて来た。

「お客様ですよ、お珍しい方、要一郎様ですよ」

不意の来訪を知らせてくれた。

「何、要一郎が？」

平七郎は驚いた。きっとおいさの事で来たのだろうと察した。

「こちらにお通ししますね」

里絵はそう言うと、すぐに要一郎を案内してきた。

「美味い酒が手に入ったのだ」

要一郎はそんなことを言って、持参して来た酒とっくりを里絵に渡した。

「ほんとうにお久しぶりですこと、今日はごゆっくりなさってくださいませ。何か美味しい物でもつくりましょう」

　里絵は弾んだ声で言い、台所の方に下がって行った。

すぐに下男の又平が、せんべいとお茶を運んで来て、

「お久しぶりでございます」

　又平も懐かしそうに挨拶をした。

「又平、しばらく見ぬうちに、白髪が増えたな」

　要一郎は笑って言った。

「はい、お若い方の一年と年寄りの一年の速さは倍ほど違います。あっという間に歳を取りました」

　又平も弾んだ声で言い、下がって行った。

　家人が皆なつかしがるほど、昔はよく来ていたのだ。むろん平七郎も要一郎の役宅に遊びに行っている。

　要一郎の父親は厳格な男で、いつも難しい顔で平七郎を迎えてくれたのを思い出し、

「お父上はお元気か？」

平七郎は要一郎に座を勧めて、まず父親の近況を尋ねた。

「先年体調を崩してからは以前にもまして口うるさい。母がこれじゃあ要一郎にお嫁は来なくなりますよ、などと反撃するのだが、効き目がなくて困っているんだ」

はっはっと要一郎は笑って、お茶を飲んだのち、茶碗を下に置くと真面目な顔になって、

「行ったんだろ……どう思った？」

やはりおいさのことを聞いてきた。

「うむ、むこうは俺に気づかぬ風を装ってはいたが、俺はおいさだろうと思った」

平七郎は言った。

「うむ……おぬし、名乗ったか？」

要一郎が興味のある目で見詰める。

「あの店にいたお客に名乗った。そうしたらその客が女将に俺の名を告げたのだが、反応がなかったな」

「そうか、俺もそれとなく水を向けてみたのだが、一見の客扱いだったんだ。し

かしおいさだとしたら、なぜ俺たちとの昔の繋がりを隠したがる？」

要一郎は首を傾げる。

「分からん。何か事情があるのかもしれぬ。あの変わり果てた姿を見てそう思った。昔の、十年前のおいさは、本当に純情な娘だったのだ」

「確かにな。しかしどんな事情だと思う？……おぬしは俺よりおいさと長い時間を過ごしている、見当はつかぬか」

「これは俺の憶測だが、親父さんは亡くなったのかもしれんな。そうすると血の繋がった者は弟が一人……」

平七郎は、おいさから聞いた弟の話を要一郎に話した。

「そうか、親父さんと喧嘩して出て行った弟がいたのか……」

要一郎はそう言って、せんべいを取った。平七郎も取る。ぱりぱりと歯切れの良い乾いた音がしばらく続いた。せんべいは平七郎も要一郎も好きな『花村屋』のものだ。

幼い頃にお互いの家を通い合って遊んでいた時も、里絵はこのせんべいをおやつに出してくれていた。

せんべいをかじると、そういった昔の幼い二人に戻っていく。その不思議さを噛みしめながら、二人は一人の女の身の上を案じているのだ。

平七郎は、せんべいをつまんだ指を手巾で拭き、お茶で喉を潤してから言った。

「要一郎、実は妙な男が店に現れてな、女将に弟は見付かったか、帰って来たかなどと、脅しをかけて聞き出そうとしていたのだ。しかも金を返せだ、腹を決めろなどと無体な言葉を連発していたのだ。その男というのが火盗改の御用聞きをしている富蔵という男だと後で聞いたが、いったいどういう理由で女将に脅しをかけ、弟の行方を詮索しているのか気になったのだ」

平七郎は、居酒屋つくつく法師で起きた不快な出来事を要一郎に手短に話した。

「富蔵か……火盗改の御用聞きとなれば、元の職はろくでもないに決まっている。叩けば埃の出る輩だ。町奉行所が使っている岡っ引には、まあそこまで悪人だった奴はいないだろうが、火盗改は違う、悪に深く関わっていた輩を喜んで使うのだ……よし、一度帳簿を捲ってみるか」

要一郎は言った。

二人の話はそこで途切れた。そして黙ったまま、しばらく暗くなり始めた庭に向け、激しく降り続いている雨を眺めた。

平七郎もそうだが、要一郎もこれだけおいさのことを気に掛けるというのは、やはりあの山峡での思い出が、若い頃の貴重な一幕としてあるからだ。

谷川の澄んだ水のように汚れのない山の娘に、二人とも好感を抱いていたことは明らかだった。

今二人の胸にあった思い出に、俄に黒い影が覆い被さろうとしているのだった。

「まあまあ静かに雨を眺めて……お料理とお酒をお持ちしましたよ」

里絵が又平とお膳を運んで来た。

二人は運ばれて来た膳を前にして盃を取り、顔を見合わせて酒を飲み干す。黙って飲む。そしてふとまた庭に目をやった。

雨は止みそうにもなかった。


その頃おいさも、雨の音を聞きながら、この数日間に立て続けに店にやって来た要一郎と平七郎のことを考えていた。

おるいと名を変えて店をやっていることを、町奉行所の同心に知られたくはなかった。

おいさのこの十年は、平七郎や要一郎には話せぬ激動の日々だったのである。

平七郎たち二人が湯の宿に泊まった翌年、父親が病で倒れてしまったのだ。箱根の医者に来てもらったが、何の病気か分からなかった。最初の二、三年は宿に来る客の応対も出来たのだが、そのうち床につくようになった。

おいさは、父親の看病と宿を営むという、重い荷を一人で背負うことになった。

宿の営みは一人では難しく、客はだんだん寄りつかなくなっていく。

また父の回復を願い、高い薬を医者から処方してもらっているうちに、借金を重ね、その額は年々かさみ、おいさは追い詰められていった。

ある日のことだ。ひょっこりやって来た薬売りは、父親の病状を見て気の毒がり、持参していた薬を提供してくれた。しかもただでいいと言ってくれたのだが、そのただが、後にどんな企図(きと)を含んでいたものか、おいさには分からなかった。

薬売りの男は、薬を提供してくれたその晩に、おいさを部屋に呼ぶと、自分の床に引きずり込んだ。

「高価な薬をただで渡してやったんだ。少しぐらい私の言うことを聞いてくれてもバチはあたらないだろ」

ぬめりとした手が、おいさの胸に入って来た。声を上げたくても上げられなくて、おいさは声を殺して泣いた。

薬売りの男は十日ほど滞在していたが、おいさは毎晩相手をさせられた。

この屈辱（くつじょく）が父の回復に向かうならばと、一縷（いちる）の望みにすがったのだが、父の病状は少しも良くならなかった。

父親が亡くなったのは、それから三月（みつき）ほど後のことだった。

亡くなる前夜には、おいさを枕元に呼び寄せて父は遺言をした。

「心残りは長吉のことだ。今どこにどうしているのか知らねえが、あいつの言った通り、この宿で食っていくのはたいへんだ。外に出て暮らしを立てる方が幸せかもしれねえ。うまくやっていてくれればそれで言うことはねえのだが、万が一、うまくいかなくてここに帰って来るかもしれねえ。その時にはおいさ、すまねえがこれを渡してやっちゃあくれねえか」

父の権蔵がおいさに渡したのは、赤茶けた古い紙に書かれた山や谷の中に印をつけたものだった。

その印の横には、まつたけ、しめじなどのキノコの名前、ウドやコゴミ、セリなどの野草の名前、また谷にはカニ、エビ、うなぎなどの魚の名前が書いてある。

「おとっつぁん、これは?」

尋ねたおいさに、

「どこで何がとれるか書き上げた物だ。長年確かめてきた場所だ。ここで暮らす時には必要になる。なに、女の足では無理だが、男の足なら入れる山や谷だ」

「分かりました、長吉に会ったら渡します」

おいさはそう言ったが、余命いくばくもない父親に、もう借金が嵩んで、この宿は人の手に渡るのだとは言えなかった。

だがそのことを知らない父親は、

「長吉が帰って来たら、姉弟仲良く暮らすんだ。それがおっかさんの願いでもあっただろうし、おとっつぁんの願いでもある」

父親はそう遺言を残してあの世に旅立ったのだった。

おいさは父親が亡くなると宿を手放し、借金を全て返済した。

そして土産物屋のおくまの世話で、箱根の温泉宿で働き始めたのだった。

ところがそんなある日、弟の長吉が江戸にいると人づてに聞いたのだ。

——弟に会って、父親が亡くなったこと、湯の宿を畳んだことを話さなければ……そして父から託されたものを渡してやりたい……。

そんな思いが溢れてきた。

今更そんなものを渡されても、長吉にとって一文の銭の足しにもならない代物だが、父親の心情を知れば心の支えになるのではないか。

思い詰めているところに、客としてやって来た富蔵にその話をしたところ、江戸に出て捜してみてはどうかと勧められたのだった。

富蔵も手助けしてくれるというので、一年前にこの地に店を開いたのだった。

だがまもなく、世話をしてくれた富蔵から、弟の長吉は表通りを歩けないような仕事をしている、もしも会いに来たなら自分に知らせるようにと言われたのだ。

弟は後ろに手がまわるような暮らしをしている……そんな富蔵の話には、おいさは身の縮む思いをしている。

富蔵の話は半信半疑だし、信じたくない。長吉に会えば、富蔵が言っていることが本当なのか嘘なのか分かる。

それを一刻も早く確かめたいものだと、おいさは思う。

あせる気持ちの裏には、富蔵と早く手を切りたいという思いがあるからだ。

近頃富蔵は、店を開く時に世話をして借りてやった金の返済を即刻してくれなど、突然無理難題を言うようになった。

また、金を借りた男の妾になれば、借金のことも弟のことも目をつぶる、帳消しだ、などと脅しを掛けてくるのであった。

——あの男は、箱根の温泉宿で会った時から、こういう話にするつもりだったのだ……。

筋書きは出来ていたのだと改めて思う。

おいさは立って仏壇の前に座った。仏壇といっても、おいさが素麵箱で作ったもので、父親と母親の粗末な白木の位牌が入っている簡素なものだ。

おいさは、素麵箱の中から父親から預かった書き付けの紙を取り出して広げた。

——おとっつぁん……。

父親の筆跡を見ていると、急に涙が溢れそうにになる。

「？……」

その時だった。おいさは店の方に不審な音を聞き、顔を上げて耳を澄ませた。

店はあまりの大雨のために閉めている。開けていてもお客は来ないからだ。

やはり気のせいだと思って仏壇の方を向いたが、今度は店戸を叩く音がする。

おいさは立ち上がると恐る恐る店に出て、雨戸に近づいた。

「誰？……」

外に問いかけると、

「姉ちゃんだろ、俺だ、長吉だ」

押し殺した声が聞こえてきた。

「長吉！……」

まさかとは思ったが、おいさは雨戸を開けた。

「長吉……」

おいさは、ずぶ濡(ぬ)れになって立っている若い男に声を掛けた。

「姉ちゃん……おとっつぁんが亡くなったんだってな、おくまのおばさんから聞いてきたんだ」

長らく会ってはいないが、血の繋がった姉弟だ。長吉は見違えるような大人の相になっているが、一目でわが弟だと分かった。

「しばらく置いてくれねえか。長くは面倒はかけねえからよ。折を見て出て行くから」

長吉は言った。

「何を言っているの。姉弟じゃない。いつまでも一緒にいていいのよ。さあ、上がりなさい」

おいさは長吉を部屋の中に入れた。

「姉ちゃん……」

「長吉……」

二人は改めて抱き合って泣くのだった。

五

大雨が止んだ翌朝は、雨後の濁流が橋を損壊して難儀することが多々ある。

この日も朝から平七郎と秀太は、御府内の橋を点検して廻っていた。

二人はまずは神田川に架かる橋から点検していたのだが、そこに市之進が息を切らして走って来た。

「死人が出ています。親父橋の袂です。豊さんが野次馬を近づけないように番をしているのですが、すぐに来てもらえませんか」

市之進は言った。

豊次郎と市之進は、伊勢町堀から西堀留川、東堀留川あたりの橋を見て廻ってくれていた。親父橋は東堀留川に架かる橋で、そこで死人を見つけたということか。

「溺死体か」

平七郎は訊いた。

大雨の日には、川の増水を案じて見に行き、濁流に足を取られて溺死する者が後を絶たない。

「いや、殺しですよ。刺し傷があるのだ」

市之進は険しい顔で告げた。

「分かった。こんな時だ、定町廻りなら不審死で片付けられてしまうかもしれぬな」

平七郎は秀太に後の点検を頼むと、市之進と親父橋に向かった。

「あそこです」

市之進が指したのは、親父橋の東袂の河岸地だった。普段はそこは荷揚げ場になっているところだが、既にそこには野次馬が遠巻きに集まっていた。

その野次馬を掻き分けて、豊次郎がいる場所に歩み寄った。豊次郎の足元には、小者が薦(こも)を掛けた死体が転がっていた。

「平さん……」

豊次郎は平七郎を迎えると、

「おい……」

小者に薦を捲るよう指示した。

「へい」

頷いて小者はすぐに薦を捲った。

腰を落として死体を一見した平七郎は絶句した。

頬に刀傷があり、濃茶の縦縞模様の着物を着た男が横たわっていたのだ。

「この男、御用聞きの富蔵じゃないか」

平七郎は呟いた。

「知っている者ですか？」

市之進が平七郎の顔を見ると、平七郎は頷いて、

「つくつく法師の店にやって来て、女将を脅していた男だ」

　思案の顔で富蔵の遺体をながめる。

「えっ、この男だったんですか」

　豊次郎は驚いて、小者に死体の半身を起こさせると、

「この傷を見てください。背後からぐさりと……」

　富蔵の背中を指した。

　遺体の着物は裂け、肉が切れているのが見える。着物は雨に濡れてびしょびしょだ。

　平七郎は、着物を剝(は)がして刺し傷を入念に見た。

「匕首(あいくち)かな……それとも短刀か……」

　呟いて立ち上がり、

「殺しを見た者は出て来ていないのか？」

　豊次郎に訊く。

「今のところは……なにしろ昨夜は激しい雨が降っていましたから、余程の用事がなければ家の外に出ることはなかったでしょう。殺しを見た者を捜すのは難しいかもしれません」

「うむ……」

平七郎はふっと野次馬に視線を流した。すると人垣の中に、見知った顔を見つけた。

平七郎がつくつく法師の店に行った時、いろいろとしゃべり掛けてきた畳職人の留五郎と、貸本屋の与兵衛だった。

二人は平七郎に気付いた。次の瞬間、すっと野次馬の垣根から顔を引っ込めた。

平七郎は駆けて行った。そして人垣から離れて行こうとしていた留五郎と、与兵衛を呼び止めた。

「おい、お二人さん、待ってくれ」

与兵衛は商いの途中なのか、背中に古本を包んだ風呂敷を背負っている。

「こりゃあどうも」

二人は振り向いて言った。決まり悪そうな笑みを見せる。

「訊きたいことがある。ちょっと来てくれ」

平七郎は二人を、親父橋の東にある六軒町の番屋（ばんや）に誘った。

「まあそこに座ってくれ」

二人を上がり框に座らせると、

「あの、何か……まさか立花の旦那が町奉行所のお役人だったなんて……」

留五郎がそう言うと、

「あの、あっしたちは疑われているのでしょうか」

与兵衛がおどおどして訊く。

「お前たちはあの男と顔見知りだったからな。しかもびくびくしていたじゃないか。快く思ってなかった男だ。いや、殺してやりたいほど恨んでいた男じゃないのか？」

「旦那、まさかあっしたちが殺したって疑っているんですか……そんな冗談はよしてくださいよ。そりゃあ、おっしゃる通り、あの男は町のダニのような男でしたよ。殺せば多くの人が安心して暮らせる、そう思っていましたよ。でも、だからと言って手を出せるもんじゃねえ」

留五郎がそう言うと、

「あいつを殺したいと思っていた奴はごまんといる筈ですよ。ですが、あの男は火盗改の息の掛かった者、手を出せば必ずこっちが最後には被害を被る。いやさ、罪をでっち上げられて遠島なんてことにもなりかねねえ」

今度は与兵衛が言った。

「ふむ、ならば正直に話してもらいたい。お前たちも怯えていたな、あの男に……何故だ……あの男に金でも借りていたのか」

二人は平七郎の問いには答えられず頭を垂れてしゅんとなった。

「言えないのか……お前たちが下手人じゃないのかと疑われるぞ」

はっと二人は顔を上げて、

「旦那……分かりました。白状しやす。実はあっしは昔、ちょいと悪さをしたことがございまして、五十敲きを食らったことがあるんです。富蔵はどこで調べたのかその事を持ち出して、お前を雇っている親方に黙っていてほしいのなら銭を出せと……あっしは出職の畳屋です。働く場所に先回りされて、あることないこと言われたんじゃあ、おまんまの食い上げでさ。それで富蔵に手間賃の中から銭を渡しておりやした」

留五郎は言った。

平七郎は頷いた。そして次には与兵衛に視線を向けた。

「へい、あっしはご禁制の本を貸し出していたのが見付かって脅されておりやした。留五郎さんと同じように日々の上がりの銭から富蔵に渡しておりまして

「……」

「なるほど、するとあの時一緒にいた飾り職人の仲次という者はなんで脅されていたのだ？」

平七郎は留五郎と与兵衛の顔を見る。

「仲次は、金を施した銀のかんざしを彫っているところを見付かって脅され始めたと言っておりやした。ご存じの通り、昨年の洪水や寒波で米も不足している。今年は奢侈は控えるようお達しが出ていやす。仲次は得意先に頼まれて断ることが出来なくって彫ってただけなんですが、やはり富蔵に脅されて……奴の言う事を聞いていたあっしたちもいけねえんですが」

口惜しそうな顔で言った。

「分かった、手間をとったな」

平七郎は二人に、殺しを見た者がいれば報せるよう約束させてから帰した。

「平さん、あんな町のダニみたいな男が殺されたって探索するんですか。現に定町廻りは厄介者が一人片付いた、ぐらいにしか思ってないですから探索はしないでしょう。片や富蔵の脅し文句に出て来た火盗改からも、何の音沙汰もありませんよ」

秀太は、平七郎が富蔵殺しの探索を決めた時、不満を漏らした。雨のあとの橋の点検がいそがしいのに、悪党富蔵を殺した下手人捜しなど必要ないのではと言ったのだ。

確かに秀太の言うことは間違ってはいない。富蔵に脅されていた者たちは、これで枕を高くして眠れる。

ただ、富蔵が本当に火盗改の御用聞きだったとしたら、火盗改は富蔵を利用するだけ利用して、死人となったら知らぬ顔の半兵衛を決め込んでいるのかと、平七郎は疑念を持つのだ。

悪事を働く御用聞きを生かしておいては、火盗改に傷がつく。そう考えていたかもしれないのだ。

平七郎は、豊次郎と市之進に、火盗改を拝命している旗本に当たってみるよう頼んだのだ。

火盗改とは御先手御弓頭、御先手御鉄砲頭から選ばれるが、現在は松代監物がその任に当たっている。

だが、二人が駿河台にある松代の屋敷を訪ねてみたが、案の定門前払いを食らった。

玄関口で応対に出て来た同心に、

「富蔵などという御用聞きは知らぬな。いらぬ疑いを掛けられては迷惑千万、町奉行所のおぬしたちに質されるのも不愉快、即刻お引き取りを」

けんもほろろの言い方をされたというのだった。

「まったく、何様なんだよ」

豊次郎は、松代の屋敷の門を出て来て振り返ると、恨み節を放った。

「こっちは旗本だ、お前たちには関係ない、か……傲慢だな」

市之進は目の前の石ころを蹴り上げた。

このまま帰れる筈もない。二人は気を取り直して東堀留川に向かった。

荒布橋で蕎麦の屋台を出している爺さんに確かめたいことがあったのだ。

だが、蕎麦の屋台は出ていなかった。代わりに甘酒を売る屋台が出ていた。

「旦那方、美味しいよ、一杯どうだい？」

初老の女が声を掛けて来た。白髪頭の婆さんだ。にっと笑うと見えるのは歯の抜けた寂しい口だ。

「いつもはここで親父さんが蕎麦を出しているんだが……」

豊次郎が訊くと、

「ああ、弥兵衛（やへえ）さんのことだね」

婆さんは言った。

「そうか、あの親父さんは弥兵衛というのか」

「そうだよ、今日もついさっきまでここに店を出していたんだけど、腰が痛いって帰ったんだよ。それであたしが今日はここに店を出したって訳さ。いつもはあたしは、もう少し向こうで店を出してんのさ。でも、なんてったって、こっちの方が人通りが多いだろ」

婆さんは言いながら、湯飲みに甘酒を入れて二人に手渡した。

ちゃっかり押しつけられた甘酒だが、二人は銭を払って飲む。

「いや、親父さんには聞きたいことがあったんだ。親父さんは伊八という若い男に脅されていたようなんだが、何故親父さんが脅されていたのか、婆さんは聞いたことはないかな」

湯飲みを返しながら市之進が言った。

「旦那方、婆さん、婆さんって、そう何遍も言うのはよしてくださいな。あたしゃまだ婆さんだなんて思ってないんだから。それなのに、婆さん婆さんと言われては、あたしは本当に婆さんなんだと信じちまうだろ。それは嫌なんだよ、まだまだ若いと思っていればこそ、この商売も出来るんだから」

「いや、すまんすまん。じゃあ名前を教えてくれ」

豊次郎は言った。するとすぐに、

「あたしの名は、おはなさ」

ふふと笑って婆さんは言う。

「おはなか、可愛らしい名だな」

市之進は世辞を言い、豊次郎と顔を見合わせて笑った。

「で、おはなさん、先ほどの話だが……」

市之進が婆さんの顔を覗くと、

「仕方ないね、甘酒を買ってもらったんだから。でもあたしが言ったなんて、後で弥兵衛さんに言わないでおくれよ」

おはな婆さんは、二人の顔をきっと見た。

「分かった。約束する」

豊次郎が頷くと、

「あの弥兵衛さんはね、息子が八丈島に流されているんだよ」

さらりと言ったが、豊次郎と市之進は驚いた。

「それで伊八って奴に脅されていたんですよ。ここで大声を上げて通行人に、この親父の倅は八丈島に流されているんだぞって叫んでやろうかってね。そしたら誰もお前の蕎麦は食わなくなるだろ。それが嫌だったら銭を出すんだって」

「酷い奴だな、それで親父さんは銭を巻き上げられていたのか」

呟いた豊次郎に、おはな婆さんは頷いて、

「もっともあの伊八ってならず者には、御用聞きの富蔵って悪い奴がついているんだから弥兵衛さんも逆らえないんですよ。倅に何かあっちゃあいけねえって言ってね。それに、蕎麦を売った銭を八丈島に送ってやらなければ、どんな辛い暮らしをしているのか心配だって……僅かの銭でも送ってやれば、倅が生きていく糧になるって……」

おはな婆さんは、目頭を押さえる。

「その富蔵だが、雨の晩に親父橋で誰かに殺されたのだ」

市之進が教えてやると、

「ひぇ」

おはな婆さんは驚いたが、すぐに、

「ほんとですか旦那。本当なら弥兵衛さんはほっとしますよ。知らせてあげなくちゃ」

と言ったがすぐに、

「いや、親父橋なら弥兵衛さんは知っているかもしれないね。弥兵衛さんが住んでる長屋は、あの橋の近くなんだから」

おはな婆さんの言葉に、豊次郎と市之進は顔を見合わせた。

六

「いらっしゃいま……」

つくつく法師の女将は、やって来た平七郎と秀太を見て、一瞬息を呑んだが、すぐに笑みを見せて、

「どうぞ……」

席を勧めた。

二人は樽の椅子に座って店の中を見渡したが、他に客はいなかった。

「留五郎さんたちにお聞きしましたよ、お役人だったと分かって驚いたって

「……」

　女将は言った。

「ふむ、すると女将は、親父橋の袂で富蔵が殺されていたことは知っているのだな」

　平七郎は訊く。

「はい、聞きました。みんなびっくりしていましたけど、これまで散々痛い目に遭ってますからね、少しほっとしていました」

「ふむ、そうらしいな。俺たちが調べたところでは、奴はあちらこちらで脅して金を巻き上げている。女将も先だってはあの男に脅されていたようだが、何かこみいった訳でもあったのか」

「いえ」

　平七郎の質問に、女将は首を振って否定し、

「格別という訳ではありませんが、私、ここにお店を出す時に、富蔵さんの世話で、ある方からお金を借りていたんです。その期限が近づいていましたので、きちんと耳を揃えて返してくれなくては世話をした自分が困ると言って、そういうことで厳しく言われていたんです」

女将は、さらさらと訳を言った。

「なるほど……で、その金を借りた相手というのは？」

平七郎は順々に質していく。

女将はちょっと嫌な表情をしてみせたが、

「旦那もあの時お聞きになったじゃありませんか。黒島屋さんですよ」

女将は感情のない声で言った。

「ふむ、なるほどな。高利貸しかな」

更に尋ねる。

「ええまあ、結構な利子ですから」

もういい加減にしてほしいと、女将の顔は言っている。だが平七郎は質問を続けた。

「それはそうと、あの大降りの夜のことだが……」

と平七郎が最後まで言う前に、

「あの晩は、店を閉めておりました」

女将は、きっぱりと言った。

「なるほど、閉めていたのか」

頷く平七郎に、

「立花様、まさか富蔵さんを殺した下手人の探索でいらしたのですか……その探索の中に、私も入っているのでしょうか」

だんだん女将の声には苛立ちが見えてくる。

「まあそういうことだ。奴は悪党だった。奴に酷い目に遭っていた人間はたくさんいる。その者たちの多くが、富蔵なぞいなくなればと思っていたに違いない。虐められた人間がそう考えるのは自然のことだ。富蔵をやっつけてやりたい、そう思っても不思議ではない。だから一通り皆に同じことを聞いているのだ」

平七郎は言った。すると、

「旦那、そんな悪党だと分かっている人でも殺されれば下手人捜しをなさるんですか。このお江戸では、大川に人の死体が浮かんでいても、竿で沖に流して探索はむろんのこと、身元だって調べない、そういうことだって多々あるのだと聞いていますが」

女将は言って皮肉っぽく笑った。

「確かにそうだ。町奉行所も手が回らないのだ。だが、役人の全てがそうだという訳ではない。悪人であっても殺されたのは間違いない。その背後にはどのようなしがらみがあったのか、町の治安を預かる役人だからこそ、ないがしろには出来ぬと俺は考えるのだ。ただ、下手人を捜し出して厳しく罰する、そんなことを言っているのではない。女将、何か富蔵殺しで知るようなことがあったなら知らせてくれぬか」

平七郎はそう告げると、秀太と店を出た。

「ふう……」

女将は大きく息をついた。そしてそこにへたり込んだ。まだ胸がどきどきしている。

不安が女将の顔を瞬く間に覆っていく。

「姉ちゃん……」

奥から女将を呼ぶ声が聞こえてきた。

はっと奥の方に視線を送った女将のおいさは、慌てて店の戸口に出て辺りを見渡し、平七郎たちの姿がないのを確かめてから、店の戸を閉めた。

そして慌てて奥の部屋に入った。

弟の長吉が、不安そうな顔で姉の来るのを待っていた。

「長吉、駄目じゃないか。お客さんがいないから良かったものの、人に知れたら大変なんだから」

おいさは長吉を叱りつける。

「分かっている、俺は姉ちゃんに迷惑かけたくないんだよ。あの富蔵を殺したのは俺だ、俺は自訴するよ」

「しっ！」

おいさは長吉の口を止めると、

「お前がやらなければ誰かがやっていた……今じゃなくてもね、ここに来ているお客さんだって、恨んでいた人は何人もいたんだから」

「姉ちゃん……」

「それにお前は、あの男が姉ちゃんのことを脅していると知ってもみ合いになったんじゃないか。自訴するのなら姉ちゃんがするよ。それより長吉、おとっつあんの遺言を渡したろ」

長吉の肩に手を置いて、おいさは揺する。長吉は頷いて、胸を叩き、

「ここに入れている。おとっつぁんの気持ち、俺はちゃんと受け取った。すまねえのは俺の方だよ。おとっつぁんに、我儘（わがまま）言って家を飛び出してよ……立派になって、ぐうの音も出させるものかと思っていたら、このザマだ。つまらねえ生

き方しか出来てねえ……おとっつぁんの言った通りだったよ」

長吉は泣き出した。

「長吉……」

おいさもつられて泣きながら、

「いいんだよ、一生懸命お前なりに頑張ってきたんだから、おとっつぁんだって分かっているんだから、だからお前に遺言を残したんじゃないか。長吉、おっかさんも、おとっつぁんもね、私とお前、この世に血の繋がった姉弟二人が、手を携（たずさ）えて、協力しあって生きて行くのを願っている筈だよ。だから弱気なこと言わないで……姉さんがここからお前を逃がしてやるから、お前はあの山に帰って暮らせばいい。姉ちゃんもそのうちに店を畳んで帰るから」

「そんなことを言ったって、湯の宿は人の手に渡ったんだろ」

長吉は、ぼそぼそ言って顔を俯（うつむ）ける。

「大丈夫、二、三日のうちにお金を作るから、あの宿は五両で渡したんだ。このかんざしや着物や、私に懸想（けそう）して男たちがくれた物を古道具屋に買い取って貰えば、十両にはなる筈よ。ねっ、いいわね」

おいさは、長吉の顔を覗いて念を押した。

「ふむ……」

大村虎之助は、秀太が差し出した『橋廻り報告書』をぱらぱらと面白くなさそうな顔で捲ると、

「雨のあとの点検は、まだ全て終わっている訳ではないのだな」

報告書から顔を上げて平七郎と秀太を、じろりと見た。その目には不満の色が見える。

「はい、まだですが、何かあれば知らせが来る筈です。今度の雨では何も被害が無かった証拠です」

平七郎は、ことさらに真面目な顔で答える。

「まあいいだろう……立花、それに平塚、その方たちは、いつまであの厄介者二人を引き連れて歩いているのだ？」

報告書を閉じ、文机に音を立てて置いた。

「さあそれは……定仲役の都合もあることですし」

平七郎は言葉を濁す。

「役に立っているのか……足を引っ張られているのであろう」

疑心の目で問う。

「それが近頃では自ら進んで橋の点検もしてくれていまして……」

平七郎がそう応えると、

「あのお二方は、自身で樫の木で木槌を作らせておりまして」

秀太が言って苦笑する。

「何ぃ〜」

大村は目を剝いて、

「まったく……あの二人があんまり橋廻りに拘泥しては不味いぞ、定仲役の者になんと言われるやら……」

握りこぶしを震わせる。

「大村様、何もそんなに深刻に考えなくても良いのではありませんか。別にこちらから橋を点検してほしいなんて頼んでいる訳ではないのですから。あの方たちもここが楽しいって来ているんですから」

秀太は言った。

「ええい、好きにしろ」

大村が声を上げたところで、

「では、失礼いたします」

二人は立ち上がった。

「ま、待て。まだ聞きたいことがある」

大村は、もう一度そこに座れと手で示した。

二人は、再び大村の前に座った。

「おぬしたち、親父橋の袂で殺された男の探索を始めたらしいな」

ぎろりと見た。

「はい、放ってもおけませんので……」

平七郎は、平然と答える。

「火盗改の御用聞きだったと聞いておるが？」

「はい、殺された当人は生前そのように言っていたようですが、火盗改の松代様は当家とは関係ないと申されました」

「なるほど」

大村は、ちょっと考えてから、

「よいな、火盗改ともんちゃく起こすようなことは慎んでくれよ。そなたたちは良いが、わしは困る。引退前にわしのこれまでの業績を汚すようなことはしたくないからな」

大村は顔を顰めて平七郎と秀太を睨んだ。

「ご安心を……そのようなことにはなりません」

平七郎は、きっぱりと言った。

「まあ、そなたは黒鷹と言われていた男だ。間違いはあるまいと思うが、あんまり派手に働いてもらうと年寄りのわしの心の臓は動悸がするのだ」

「心して……」

平七郎が会釈して再び立ち上がると、

「待て」

また止められた。

「大村様……」

平七郎は呆れ顔で大村を見た。

「何、伝言じゃ。赦帳撰要方の者が、おぬしがわしに報告に来たおりには、必ず部屋に立ち寄ってほしいと申しておったのじゃ」

大村は、にっと笑った。

赦帳撰要方人別調掛という長ったらしい役務所は、同心部屋とは違って、皆黙々と帳面に向かって書き付けたり、棚にある書類を調べたりしている。

入り口に立った平七郎と秀太は、その雰囲気の違いに顔を見合わせた。

「立花……」

するとむこうの方で、要一郎が手招きしているのが見えた。

平七郎は、手を挙げて、要一郎の側に向かった。

「いや、おぬしの家を訪ねようと思ったのだが、急ぎ調べねばならぬ案件があってな」

要一郎は声を潜めて言い、二人を隣室の小部屋に案内した。

「他でもない、おぬしが言っていた富蔵という男のことだ」

座るとすぐに、要一郎は懐に入れていた帳面を取り出した。

「この記録書は火盗改と奉行所の間で非公式に交わされている犯罪記録だ。不定期に互いの捜査記録を交換している。むろん火付や盗賊の犯罪に限ってのことだが、捕縛し、判決を受けた者の名や、補足として、とりこぼしなどの結果も記してある。また、こちらからも、そのような記録書は渡してある。火盗改、町奉行所、ともに火付盗賊については被っているところもあるのでな」

要一郎の説明を聞きながら、平七郎は差し出された記録書をぱらぱらと捲る。

「で、その記録書によると、三年前に盗賊武左衛門一味を捕縛しているのだが……そうそう、そこだ」

要一郎は、記録書を捲っている平七郎に、その頁を示して、

「一味は総勢八人、そのうちの七名が、忍び込んだ呉服問屋相模屋で、待ち構えていた火盗改によって捕らえられたとなっている。盗賊の頭である武左衛門もその時に捕らえられた。ただし、とりこぼしが一人あったと記してある。その者の名は、武左衛門の倅で仁助という男……」

平七郎は頷いて、記録書から顔を上げた。すると、要一郎は今度は苦い顔をして、

「ところがその記録書は正確ではない」

言い切った。

「なんだと……どういうことだ」

尋ねた平七郎に、

「今度はこちらを見てくれ。これは町奉行所の記録だ」

もうひとつの記録書を平七郎の前に置いた。

それには付箋がしてある。平七郎は、その頁を開けて見た。

「これは……武左衛門一味の人数が火盗改と違っているな」

平七郎はどういうことだと要一郎の顔を見る。

町奉行所の記録書には、武左衛門一味は頭を含む総勢九人となっているのだ。

「そうだ。町奉行所も武左衛門一味を追っていたのだ。調べも着々と進んでいた。人数は頭を入れて九人と摑んでいたのだ。ところが、火盗改が捕縛した人数は七人で一人逃がしてしまったとの報告だ。一人宙に浮いている。町奉行所とすれば、もう一人はどうしたんだと思う訳だ、九人いたんだろうと……。また町奉行所では人数の把握の他にも、頭や頭の倅、それと主だった盗賊の名前も調べ上げていた。そこで、念のために火盗改が捕まえて処罰をした者たちの名前と、こちらが控えている名前を突き合わせてみたんだ。すると、一人の盗賊の名がむこうの記録には無い、消えていることが分かったのだ」

要一郎は、平七郎と秀太の顔を見た。

「分かったぞ」

秀太は膝を叩いて、

「名前の消えた者の名は、富蔵では？」

要一郎に訊く。

「その通りだ。火盗改の記録では、最初から富蔵を省いて記録しているのだ。つまり、御用聞きとして使うつもりで当初から消していたということだろう。富蔵は仕置きを免じて貰えることを条件に、頭をはじめ一味を火盗改に売ったに違いない」

「なんて卑怯な奴だ」

秀太が怒る。

「一味が捕らえられると富蔵は、密告し、捕縛に手を貸してくれたとして無罪放免となった。それればかりか御用聞きにして貰ったのだ」

要一郎の推測は当たっている。平七郎はそう思ったが、

「ところがだ、火盗改の松代様は、うちには関係のない人間だと突っぱねたのだ」

要一郎に言った。

「なんだと……まあ、富蔵は盗賊一味の記録からも消されて、いわば無宿人みたいな状態だったのだからな。しかしそれにしても酷い話だ。わずか三年とはいえ、火盗改は富蔵の力を借りて盗賊を何人か捕縛している筈だが……」

火盗改も火の粉は被りたくないということなのかと、要一郎は苦々しい顔をした。

「この奉行所の記録書には、富蔵という名の横手に、頬に刀傷があると記してある。殺された富蔵の頬にも刀傷があった。富蔵が火盗改の御用聞きだったことは間違いないな」

平七郎は記録書を見ながら言った。

「富蔵は御用聞きにしてもらったものの、やはり体に染みついた悪行から逃れられなかった、だから人を脅して金を巻き上げていたんでしょうか」

秀太は言う。

「あわれな奴……そして、今も逃げている倅の仁助だが、歳はいくつだ……」

平七郎は忙しく文字を追って、

「あった、三十前後か……額にみみずが這ったようなあざがある」

平七郎は呟くと、

「いや、良いものを見せてもらった」

記録書を要一郎の膝元に返した。

七

平七郎は寝付けなかった。

何度も寝返りを打ち、姿勢を変えてみたりしたが、ますます目が冴える。

平七郎は、富蔵を殺した下手人は誰なのかいまだ絞れないことに苛立ちを覚えていた。

何人もの人物が頭の中に浮かんでは消え、消えては浮かぶのだ。

富蔵を厄介者だとして切り捨てた火盗改だって怪しいものだ。

それに、つくつく法師に集まっていたあの三人と女将。また、まだ把握はしていないが、富蔵に脅されていた者たち。そして、盗賊の頭武左衛門の倅の仁助。

これからそれらの人たちの、当夜何処で何をしていたのかを洗い直さなければならない。

――厄介なことに手を出したかな……。

橋廻りの役目を負いながらの探索は、大きな負担となっている。平七郎は起き上がった。起き上がってどうなるものでもないが、横になっているのが苦痛だった。

――親父の書き残した日誌でも捲ってみるか……。

それは窮地に立たされた時の、なによりの薬になる。

平七郎は立ち上がった。行灯の火を大きくして、燭台にも火を点して、床の間に歩み寄った。

棚にある父の探索日誌を一冊手に取った。その時だった。

「平七郎殿……」

部屋の外に手燭の灯りとともに母の里絵の影が見えた。

「母上……」

すると里絵が、又平にお茶を運ばせて入って来た。

「眠れないようですね、又平が心配して。どうしたのです……」

「すみません、考え事をしていまして」

平七郎は苦笑して迎えた。

「時にはゆっくりとお休みなさい。こぶ茶ですよ。少し気持ちが和らぎますよ」

里絵は又平から盆を受け取り、こぶ茶の入った湯飲みごと、平七郎の前に盆を置いた。

又平が引き下がって退出すると、

「お父上の日誌をご覧になっているんですね」

里絵は懐かしむように文机に置いてある夫の日誌を見詰めた。

「はい、父の筆跡を追っていると、結構手がかり足がかりが見えてくる時が多いのです」

平七郎は言って、こぶ茶の湯飲みを取り上げて一口飲んだ。

「おいしいな……」

胸に母のあたたかみが広がるのが分かる。

「お父上もそのように言ってくださいました。思い出します。お父上は、毎晩、必ず日誌を付けておりましたもの、病に伏せっていた時も、時折起き上がって文机に向かっていました。その時の、瘦せた背が寂しそうに見えて……」

里絵は思い出して涙ぐむ。

「母上……」

「突然思い出してしまって……では私は」

里絵は顔に笑みを戻して立ち上がった。二、三歩引き返したところへ、

「母上」

平七郎が呼び止めた。

「少し教えていただきたいことがあります」

「なんでしょう」

里絵は、嬉しそうに言って座った。

「女の心といいましょうか。昔の名を捨てて新しい名を名乗り、自分の昔を知っている者に対しても、初めて会った人のごとく振る舞うというのは、どう理解すればよいのかと……むろん隠さねばならない理由、例えば何かの犯罪に手を染めてしまったというのならば分からない訳ではありませんが……」

平七郎は首を捻った。

「そうですね……」

里絵は少し考えてから、

「どのような理由があってそのようなことになったのか分かりませんが、はっきりと言えることは、自分の昔を知っている人に今の自分を見られるのは忍びない。昔の自分と今の自分との間に区切りをつけたい、そう思ってのことかもしれません」

「ふうむ」

思案の顔をした平七郎に、

「これは、実際にあった話で、父上からお聞きしたのですが……」

里絵はそう前置きすると、ある男女の哀しい話を始めた。

互いに思いを告白しあって二世を誓った男と女。その女の方が家の事情で別の男と結婚した。結婚した男は地位も富も二世を誓った男よりもはるかに上の人だった。

だが結婚して七年目、その地位も富も瓦解して、女は夫の手で女郎宿に売られてしまった。

ところがその女郎宿に、昔二世を誓った男がやって来たのだ。

男は二世を誓った女だと分かり問いかけるのだが、女は昔の名も暮らしも偽り、男を追い返す。そして、自分で命を絶ってしまったのだ。

「事件がらみの話ですが……」

里絵は話し終えると、静かに呼吸をととのえてから、

「私はこの話を聞いた時、その女の人の心情がなんとなく分かる気がしました。二世を誓った男の人には昔のままの自分を記憶に留めておいてほしい、そう願っていたに違いありません。落ちぶれた日々の暮らしの中で、自分を支えていたも

のも、やはり昔の幸せだった頃の思い出だったのだと思います」

平七郎は里絵の話をじっと聞いている。

「平七郎殿、女の心を一概には説明できませんが、昔の自分を隠して暮らすなんて、よほど辛いことがあったのだと思いますよ」

里絵は言って静かに息を継いだ。

辰吉が箱根から帰って来たとの知らせを受けた平七郎たちは、その日の午後、一文字屋に集まった。

往復六泊七日もかかっている。もう少し早く帰って来るだろうと見ていた平七郎たちに、

「思いがけず手間取りまして……」

辰吉は頭を掻いた。

調べに行ったのだ。湯治に行った訳ではなく、難儀したのだろうというのは、疲れの残っている表情を見れば分かる。

それよりも辰吉が見違えるように頼もしく見えた。日焼けした顔、目的をやり遂げたという自信のようなものが体中に漲(みなぎ)っていた。

「ご苦労だったな、辰吉」

平七郎はねぎらいの言葉を掛けた。

「いえ、平さん、行って良かったですよ」

辰吉は、皆が座るのを待って箱根での調べを話し始めた。

「まずは、平さんから聞いていた土産物売りのおくまという人を捜すことから始めました。最初は湯本に行きましたが、そこの土産物売りの店にはいませんでした。塔ノ沢で店を開いている人だと聞きまして向かいましたところ、温泉場の広場の一角で、小さな店を開いておりやした。五十近い歳で、小でっぷりした初老の女で、何でもしゃきしゃきやってのける、そんな感じの人でした……」

一同、辰吉の繰り出す言葉にかたずを呑んで、じいっと聞き入っている。

「おくまさんでございやすね」

辰吉が近づいて尋ねると、おくまは、きょとんとした顔で頷いた。

「実はあっしは江戸から参った者ですが、おくまさんはおいささんとは親しい仲だと聞いていています。今おいささんはどうしていやすか……まだ湯の宿を親父さんとやっているんですかね」

辰吉が尋ねると、おくまは怖い顔をして、

「お前さんは誰だい」

辰吉を、ぎろりと睨んだ。

辰吉が身分を明かすと、おくまは顔色を変えて、

「よみうり屋だって……おいさなんて知らないね。土産が欲しくないのなら帰っておくれな。商いの邪魔だ」

けんもほろろの答えが返って来た。

「そんな筈はねえんじゃございませんか……湯の宿に泊まった客が、おいささんの口から、おくまさんというおばさんとは親しいって聞いていたんですぜ……おまえさんは、そのおくまさんじゃねえんですかい？」

辰吉が問いかけたが、おくまは聞く耳を持ってないようだ。素知らぬふりして、やって来たお客の相手を笑顔でするが、辰吉の顔は見ようともしない。

——よみうり屋だと言ったから警戒されたのかもしれないな。

そう考えた辰吉は、

「あっしは北町奉行所の立花平七郎様てぇおっしゃる方のお手伝いをしておりましてね、その立花様に頼まれて、ここにやって来たんでさ」

そう告げると、かすかにおくまの頬が、ぴくりと動いた。

辰吉はここぞとばかりに、実は富蔵という悪党を殺した下手人を立花様は探索しているのだが、おるいという人も殺しにかかわっているのではないかと疑われている。富蔵から脅されていたことが分かったからだと、辰吉はすっとぼけてあちらを向いているおくまの横顔に話しかけていく。

「………」

おくまは、口を一文字にして聞いている。

「立花様とおっしゃる方は、十年前、友人の篠田様とお二人で、渓流の湯の宿に泊まり、親父さんと娘のおいささんに世話をしてもらった。それをよく覚えてな、おるいさんは、おいささんではねえかって思っているんでさ。ところがおるいさんは、私はおいさではねえと言ったらしい。何故そんな嘘をついているのかと、立花様たちは案じているのだ。あっしがここに来たのは、そういう訳なんだ」

しかしそれでもおくまは黙って、土産物を並べ替えたりしている。

土産物の多くはこの箱根で有名な寄木細工(よせぎざいく)の数々だが、あとは湯の花とか、箱根饅頭(まんじゅう)とか、草鞋(わらじ)や菅笠(すげがさ)、それに鼻紙なども置いてあるようだ。

それをおくまは、あっちに並べ替え、こっちに並べ替えして、忙しさを装い、早く帰ってくれと無言で辰吉に示しているのだ。

「そうかい、あっしのことが信用ならねえ、そういうことかい……じゃあひとつだけ教えてくれ。十年前に立花様たちは、おまえさんから渓流の湯の宿を聞いたのだと言っていた。そこにおいささんがいるのかどうか、この目で確かめるしかねえ。その宿に行くには、どこをどう行けばいいのか教えてくれないか？」

おくまの顔を窺う。するとおくまは、つっけんどんに言った。

「あの湯の宿はもう無くなってるよ。今は誰もやってないんだよ。行っても無駄さ」

「じゃあおいささんは、今、どこでどうしているんだい？」

辰吉は食い下がったが、

「商売の邪魔だ！」

おくまは、むこうに行けと払いのけるように手をひらひら振るのだった。

辰吉は苛立ちを覚えたが、諦める訳にはいかない。

「しょうがねえな、だがこのまま帰れねえんだ。明日もまた寄せてもらうよ」

とはいうものの、泊まる宿さえ決めてはいない。

「安宿を教えてくれないか。宿の案内もしてるんだろ？」

なお食い下がると、おくまは脇に置いてある掌ほどの箱の中から紙の札を出して辰吉に渡した。

紙の札には『まる美』とある。そして札の隅っこに、クマと文字が書いてある。

――そうか、この札は、おくまさんが紹介したという印付きの札なのだ……。

抜け目のない女だと、辰吉は苦笑して、

「ありがとよ」

おくまから紹介された宿に入った。

江戸で報告を待ちわびている平七郎やおこうのことを考えると気が気ではなかったが、おくまの警戒心を解くには致し方ないと思った。

辰吉は紙の札を持って、まる美の宿を訪ねた。

案内されたのは二階の小部屋だったが、窓を開けるとおくまがいる広場がよく見えた。「……ったく」

窓から時々おくまの様子を眺めては、いらいらして横になる。そんなことを繰り返しているところに、

「ご免くださいませ」

女の声がして戸が開いた。三十そこそこかと思われる女が、にこっと笑顔を送って来た。美形には遠い顔立ちだが、人の良さそうな明るい雰囲気の女だった。

「お客さん、夕食をお持ちしました。山菜の煮付けと、鮎の塩焼き、それと御飯にお味噌汁。冷やのお酒がついています」

女は膳を運んで来て説明した。さして変わらぬ献立だが、辰吉の腹が鳴った。よく考えると朝飯を食べたきり、途中の茶屋でおやつの団子を一皿食べただけだ。

「有り難い、腹が減っていては温泉にも浸かれないからな」

膳の前に座って箸を取ると、

「お客さん、もっとお足を出してくれれば、たくさんご馳走があっただよぉ」

女は笑って言った。

「いやいや、湯治で来た訳ではないのだ。おいさという人のことを聞きたくておくまさんに会いに来たんだがけんもほろろだ……」

と辰吉は泣き言を言った。

するとお女はくすくす笑って、

「おいささんなら知ってるよ。この塔ノ沢で一番大きな湯宿で働いていたんだよ。だけどいつの間にかいなくなってたわね。おくまさんならそのへんのこと良く知っていると思うけど」

「それだよな」

困った顔をすると、

「あたしが取りなしてあげようか、おくまさんに」

と言うではないか。

辰吉は身を乗り出して、是非頼むと手を合わせると、女は条件があると言う。

「あたし、あんたをひと目見た時から、いい男だねと思ったのさ、今胸がどきどきしているよ。金に糸目をつけない男はいくらでも見て来たけど、あんたのようにお金はなくても気っ風の良さそうな人は初めてさ。一度でもいい、お客さんのような男に、ここに、ちゅっとしてもらいたいものだ、そう思っていたんだけど……」

どうかねっと、ぷりぷりした頬を辰吉に見せる。女の膝は辰吉に返事を聞く前に、もうすりすりしてきている。

「よし、分かった」

辰吉は、意を決して女の肩を摑んだ。

「ちょっと待った！」

話を聞いていた秀太が、大きな声で辰吉の報告を中断した。

「お前、何しに箱根に行ったんだよ。冗談じゃないよ。おくまに話は聞けたのか？」

秀太は怒り声を上げげた。

「もちろん宿の女がおくまに頼んでくれやしてね、その晩のうちに、おくまさんはあっしを訪ねて来てくれやして……」

辰吉は笑って、中断した話を続けた。

おくまは部屋に入ってくるなり、

「辰吉さんと言ったね。一文字屋というよみうり屋で、立花平七郎様と懇意だと……信用していいんだね」

おくまは念を押した。

「あっしが嘘をつく人間に見えますか。てえして価値のある首ではありやせんが、この首賭けてもいいんですぜ」

辰吉が啖呵を切ると、おくまは笑って、

「ずっとおいささんの事は案じて暮らしていたんです。お前さんから、つくづく法師の店をやっているおるいさんがおいささんではないかと問われて、ああ、元気にやっているのだと、ひとまず安心したところです」

ほっとした表情を見せた。

「やはり、おるいさんは、おいささんだったんだな」

辰吉は、納得の顔で頷いた。おくまは頷くと、

「気の毒な娘です。明るくて、人を疑うことを知らないような娘だったのですが、九年前に親父さんが病に倒れてからは苦労を一人で抱え込むようになっちまってね……」

おくまは言って、平七郎たちが宿泊した後の湯の宿とおいさの話をしてくれた。

父親の病が重くなってから、おいさは湯の宿を質草(しちぐさ)にして、医者に診て貰い、また高価な薬も買って飲ましていた。

そんなある日のことだ。おくまは薬売りに湯の宿を紹介した。

一人でも多くの客を紹介して、日々の暮らしの糧に、そして借金返済に充てて欲しいという親心だったのだ。

「ところがこの男が性悪でね……」

おくまはため息をついてから、おいさがこの男に無理矢理犯されてしまったのだと言った。

薬を餌に、その男はおいさをいたぶったのだ。そうして男が宿を去ったのち、おいさは腹に子が出来ていることを知り、おくまに相談したのだという。

おくまは、薬売りへの怒りに体中が震えた。同時に、薬売りを宿にやった責任を感じて、おいさが子を堕ろしたいと知ると、すぐに子堕ろしの婆さんを紹介してやった。

父親が亡くなると、おいさは湯の宿を手放して、おくまが紹介した塔ノ沢では有名な『錦楼（にしきろう）』の仲居となった。

「この頃から、おいささんは人が変わったんですよ。名前もおるいって変えてね。時々、男の相手をしているって話も耳にしたものだから問い詰めたら、お金がほしいって、湯の宿を取り戻したいんだって……昔の私はもういないんだって言ってね。あたしゃ何も言えなくなっちまってね」

おくまはため息をつき、更にその後の話をしてくれた。

一年前のことだ。錦楼に富蔵という男が泊まった。おいさはその男から誘われて江戸に行く決心をしたのだという。

「弟の長吉が江戸にいるらしいんです。富蔵さんも捜すのを手伝ってくれるって言うし、決心したんです」

おいさはそうおくまに告げて江戸に向かったのだという。

「ただ……」

おくまはここで、声を詰まらせた。

「ただ？」

辰吉が聞き返すと、

「その富蔵って男が、おいささんが江戸に出立したあとで、悪い奴だってことが分かりましてね。おいささんの弟で、家出をしていた長吉さんが帰って来た時のことです……」

長吉は実家に帰ったが、既に人の手に渡っていて、しかも宿は閉じて荒れ放題になっているのを見て、おくまを訪ねて来たのだ。

おくまが、おいさは富蔵の誘いに乗って江戸に行ったのだと話すと、

「あいつは悪党だぜ、おばさん。姉ちゃんは今頃大変なことになってるかもしれねえ」

長吉はそう言って、すぐに江戸に向かったのだというのだった。

話し終えたおくまは、今もおいさを案じている。あの姉弟を案じている。おいさに会ったら、どうか私の気持ちを伝えてほしい。おくまは辰吉にそう言ったのだ。

「あっしが調べて分かったことは、そこまでです」

辰吉は話し終えると、神妙な顔で皆の顔を見渡した。

平七郎をはじめ一同は、すぐには言葉を発することが出来なかった。

あまりにも波乱の十年を過ごした一人の女の苦難に驚いていた。

最初に言葉を発したのは平七郎だった。

「辰吉、ご苦労だが引き続き頼みたい。おこうと二人で、つくつく法師を見張ってくれ。女将の様子が少し気になったのだ」

「お任せください」

おこうは言った。

「それと、市さんと豊さんは、盗賊武左衛門の倅の仁助という者の探索を頼みたい。これまで探索の俎上(そじょう)に載っていなかった人物だが、今どこで暮らしているのか気になる。俺と秀太は橋廻りもあって二人だけでは時間が足りない。一刻も早く決着をつけたいのだ」

平七郎の言葉に、市之進と豊次郎、そして秀太は、決心に満ちた目で頷いた。

八

甚右衛門町の路地裏には、小さな店が櫛比（しっぴ）している。通りは狭く、昼間も夜もここには人が行き来している。

いずれも裕福な者たちではなく、蓄えの少ない町の人たちだ。

つくつく法師の店の両脇には右に煮売屋、左に八百屋（やおや）が店を出している。

そして向かい側三軒はというと、小間物屋に下駄屋（げたや）、蕎麦屋だった。

おこうと辰吉が、せんだっての大雨の日のことをつくつく法師以外の店に訊いてみると、いずれの店も、戸を閉めて店は休んでいたと話してくれた。

ただ、下駄屋の主は、雨の夜、戸を叩く音がするので、自分の店にやって来た客だと思って戸を開けたが、つくつく法師にやって来た客だったと話した。

「つくつく法師は、お店を閉めていたんでしょ？」

おこうが尋ねると、

「お客じゃないようだったね。ずぶ濡れで戸を叩いていたんだから、近所の者なら傘(かさ)をさしているだろうしね」

　下駄屋は首を傾(かし)げる。

「で、男、女？」

　おこうは、すかさず訊いていく。

「男でした。聞き間違えかもしれねえが、姉ちゃんって呼んでいたような……」

「姉ちゃん……！」

　辰吉は言って、おこうと顔を見合わせると、

「で、それからその男はどうしたんだい？」

　重ねて訊く。

「おるいさんは家の中に入れました。あっしもそこで戸を閉めて家の中に入りやしたから、どうなったのか分かりません」

　下駄屋は言った。

「誰だと思う……おいささんを訪ねて来た人？」

　おこうは、蕎麦屋に入って注文をすると、辰吉に尋ねた。

「姉ちゃんと本当に言っていたのなら、行き方知れずになっている弟の長吉かもしれねえ」

辰吉は、箱根で聞いたおくまの話から、そう思った。

おいさには弟がいて、親父と喧嘩して家を出たという話は、平七郎もしていた。それはおこうも聞いている。

「もしそうなら、なぜあの雨の日に、ずぶ濡れ姿で、人の目を避けるようにして、つくつく法師にやって来たのか……」

おこうは頭の中で整理するように口にした。だが……とおこうは顔を上げて、

「お客さんということも捨てきれないわね。でもお客さんだとすれば、店を閉めている夜にやって来て、戸を開けさせるなんて余程の仲だということになる」

呟くように言う。

「いや、やはり長吉だろうな」

辰吉は言う。

「とにかく、しばらくこの店で張ってみましょう」

おこうがそう言った時、蕎麦が運ばれて来た。運んで来たのは、こめかみに絆創膏を貼った店の女将だった。

「近頃はあがったりでね。すぐそこの親父橋で殺しがあったでしょ。あれからみんな怖がっちゃって、昼間はともかく、暗くなると、お客さんはピタッと来なく

なるんだから。早く下手人を挙げてほしいもんだよ」

女将はこめかみをピクピクさせた。

おこうが、向かいのつくつく法師の店も客足が遠のいているのかと聞いてみると、

「客足のことよりも、どうも、女将のおるいさんの様子が変なんだよ」

と言う。

「男が出来たとか？」

辰吉が鎌を掛けると、女将は笑って、

「いやあ、あの人に言い寄る男はたくさんいるけど、そんな話じゃないんです。どんな心境の変化なのか、今日は古物商がやって来てるんだよ。あたしの知ってる古物商だもんだから、聞いてみたんだ、何を買い取りに来たんだって。まさか引っ越しする訳でもないんだろって」

しゃべり出したら終わりがないようだが、おこうと辰吉は思いがけない話を聞くことになった。

「古物商はなんて言ったんですか」

おこうは尋ねた。

「それがさあ、おるいさんは、お客から反物やかんざしなど、貰った物が沢山あるようだから。それを売り払いたいって言ったんだって。あたしだったら、後生大事にとっとくけどさ、だって贈り物をした男たちが気の毒じゃないか……」

女将は憤慨した顔で言ってみせたが、すぐに、

「でもあたしには亭主がいるからさ、反物やかんざしをくれるような男も寄ってはこないけど……」

苦笑したその時、向かいの店の戸口を見て、

「ああ、出て来た」

手に持っていた盆を胸に抱えたまま、女将は外に飛び出した。

つくつく法師から、初老の男が背中に風呂敷包みを背負った手代を連れて出て来たのを見たからだ。

女将はふた言み言古物商の初老の男と話をすると、また店に駆け戻って来て、

「やっぱりね、いろいろ手放したらしいですね」

初老の男と手代が引き揚げて行くのを見ながら言った。

「これは旦那……」

荒布橋で蕎麦の屋台を出している弥兵衛は、どんぶりを洗っていた手を止めて、平七郎と秀太の姿を見るなり頭を下げた。

「親父さん、せいが出るな」

秀太は、笑みを見せた。

「へい、腰が痛くてしばらく休んでいたんですが、いつまでもそうしてはいられねえ。銭を稼がなくちゃあ、食ってはいけねえ。頼る身内もおりやせんから」

弥兵衛も笑みを返した。

「かみさんはいないのか?」

「へい、遠い昔に亡くなりやした。病でぽっくり」

弥兵衛は、洗ったどんぶりをふきんで拭いて棚に置いた。

「そうか……じゃあ倅が頼りだ」

この言葉に、弥兵衛の顔色が変わった。険しい目で秀太を見た。

すぐに平七郎が、とりなすように、

「悪く思わないでくれ。俺たちは町奉行所の者だ。伊八ってごろつきから親父さんが何故脅されていたのか調べたのだ。親父さんの倅が博打(ばくち)場でお縄になって八丈島に流されたことで伊八に脅されていたんだな。親父さんはその倅のために懸命に働いていることもね。俺たちはそれを知ったからといって、親父さんを咎めたり、辛い思いをさせようと思ってるんじゃあないのだ。親父さんは倅が帰って来るのを待ちわびている。俺たちも親父さんの倅が、元気で帰ってくるよう祈っているのだ」

「すまねえ……ありがてえ言葉でございやす」

弥兵衛は平七郎の言葉に小さく頭を下げて、

「つい顔色に出ちまって……隠したって町方の旦那方には隠しきれねえ話なのによ」

自身の早合点を苦笑した。

「なあに、そんなことはいいんだ。そうだ、まずは一杯もらおうか。冷やでいいぞ」

平七郎は酒を頼み、

「橋廻りの途中だということになっているが、なあに構うものか。爺さんの稼ぎに気持ちばかりだが手助けしたい、と言いながら、本当は飲みたいのだ」

平七郎は、秀太と顔を見合わせて笑った。

「へい、ありがとうございやす」

弥兵衛は嬉しくて目頭を押さえ、照れくさそうな笑みを平七郎と秀太に送ると、急いで湯飲みに酒を入れて出した。

「あいつは確かにお縄になりやしたが、親思いでございました。板前だったんですがね、まだ修業中の身で手当ても少なかったんです。そんな時に母親が病気になっちまって借金をつくってしまった。借金をしたのはあっしですが、倅も一緒に返済しようと言ってくれやしてね……ですが、板前見習と屋台の蕎麦売りでは、なかなか思うように返済出来やせん。一刻も早く返したい、親父のあっしに楽をさせたいと倅は思ったんだと思いやす。あいつは、博打場に足を運ぶようになっちまって……いえ、いけねえことは分かっていたんですよ。それだけに父親としても不憫(ふびん)で……へい、そういうことでございやす」

親父は話し終えると、苦笑して、平七郎を見た。

平七郎は頷いて、飲んでいた湯飲み茶碗をひょいと上げ、

「親父、美味いな、この酒。夜は明けるって名前だったな」

親父に言った。

「さようで、覚えていてくれやしたか」

弥兵衛は嬉しそうだ。

「つくつく法師って居酒屋でも、この酒を出していたんだ。ああ、親父さんが出してくれた酒だって思ってね」

平七郎は笑った。すると弥兵衛は、

「そうですか、つくつく法師に行ったんですか。実はあっしが、教えてやったんでさ」

と言うではないか。

「何、知っているのか、あの女将を……」

思いがけない話だと平七郎は思った。

「へい、開店当初から知っています。おるいさんがあっしの屋台に蕎麦を食べに立ち寄ってくれて、そしたら、あっしが暮らす長屋の近くで店を出すというので、この酒を教えてやりました」

「あそこの女将と顔見知りだったのか……あの女将も富蔵に脅されていたのだ」

秀太が言ったが、弥兵衛は聞こえたのか聞こえなかったのか、急に忙しそうに火の具合を見たり、生蕎麦の数を数えたりし始めた。それ以上、つくつく法師の話はしたくないように見受けられた。

平七郎は話を変えた。

「ところであれから、伊八はここに来ているのか？」

「いや、お陰様でぴたりと止みました」

弥兵衛は言った。

「そうか、実は伊八の後ろで指図していた富蔵が、この間の大雨の晩に殺されたのだ。伊八はそれでびびっているのかもしれぬな。親父さんはあの日に、ここで商いをしていたのか？」

平七郎は湯飲みを屋台の台に置いて弥兵衛の顔を見た。

すると弥兵衛は、雨が降り出したのは暮れ六ツ（午後六時頃）の黄昏時、いつもなら更に一刻ほど店を出しているのだが、雨が激しく降り出したので、店を片付けて家に帰ったのだと言った。

「ふむ。親父さんの長屋は親父橋の近くだと聞いている。あの晩、富蔵が殺されていたのは親父橋の袂だ。親父さんが橋を渡った時、何も気がつかなかったのか……」

笑顔で平七郎は訊いているが、その目は、嘘偽りは言わぬようにと釘を刺している。

弥兵衛は困った顔をしたが、

「実は、あそこを通りかけた時、男二人が争っているのを見やした」

手元を忙しく動かしながら言った。

「何、争っていた……すると、六ツ過ぎか」

「そうです。ですが、大雨でもう暗くなっていやしたし、どんな男かは見ておりやせん。まして殺しなど……」

弥兵衛は見たのはそれだけだと言った。

「ふうむ」

平七郎が思案の目を弥兵衛に向けたその時、

「平さん……」

辰吉が呼ぶ声がした。振り返ると、てりふり町の新道から、辰吉とおこうが歩いて来る。

つくつく法師を調べての帰りと見た。

「親父、また来る」

平七郎と秀太は、蕎麦の屋台を離れておこうと辰吉の方に向かった。

「平さん、妙な話を聞いてきましたよ」

辰吉が言った。おこうも続けて、

「あの大雨の日に、つくつく法師を訪ねて来た男がいるようです。しかもずぶ濡れで」

「何……ずぶ濡れ？」

平七郎が聞き返すと、おこうは頷き、

「これはつくつく法師の店の向かい側にある下駄屋や蕎麦屋から聞いた話ですが、おいささんはその男を家の中に入れたようなんです。その時に、男はおいささんのことを、姉ちゃんって呼んだって言うんです」

おこうの言葉を継いで辰吉が言う。

「そして今日は古物商がやって来ている。蕎麦屋の女が古物商に尋ねたところ、おいささんの持ち物を買い取るためにやって来たのだと言ったそうです。あの店では何かが起こっている。そう感じやした」

辰吉が言った。だがすぐに、

「平さん……」

後ろを振り向けと合図する。

平七郎が振り返ると、弥兵衛が曲がった腰で懸命に近づいて来るのが見えた。

「爺さん……」

呟いて待っていると、弥兵衛は荒布橋を懸命に渡り、平七郎たちがいる橋の東袂に下りると、

「すまねえ、旦那、旦那に話しておきてえことがありやす。言わないでおこうかと思ったのですが……」

弥兵衛は迷った顔で平七郎を見上げた。

「何だ……何でも言ってくれ」

平七郎は弥兵衛の顔を覗いた。

「あの大雨が降る前の昼七ツ（午後四時）過ぎ頃のことでさ。あっしの店に立ち寄って蕎麦を食べた男がおりやして、その男は、つくつく法師の店を捜しているようでした」

「何……爺さん、その話、詳しく話してくれ」

平七郎は驚いた。弥兵衛は思いがけない話を始めたのだ。

「あっしがその店なら知っていると教えてやったら、喜んでいた。自分は昼間っから大通りを歩ける人間じゃねえ。博打場を渡り歩いて来た人間だ、なんて言ってね」

「爺さん、まさかその男は、長吉というのではなかったのか?」

秀太が訊いたが、弥兵衛は名前は聞いていないと言った。

「名前は聞いていないが、あっしの倅も博打うちだったんだ。妙に身近に感じてしまって、倅が八丈島に流された話をしてやったんだ。そして今のうちに足を洗った方がいいって、後悔するぞって……そしたら、そのつもりだって笑っていたが……」

弥兵衛はそこで言葉を詰まらせた。

「爺さん……」

辰吉が促す。

弥兵衛は、しばらく口を閉じていたが、決心したように頷いて、「実は、大雨になって、店を閉じての帰り道、親父橋を渡った時に見た、もみ合っていた一人が、その若い男のように思えて……」

小さな声で言った。

「爺さん、何故先ほどそれを言ってくれなかったんだ」

秀太が声を荒らげる。

「殺されたのは富蔵だというではありやせんか！」

弥兵衛は思わず声を荒らげたが、

「いや、あの若い男を案じているんです。あっしが黙っていたって、旦那方が調べれば、いずれもみ合っていたことは分かる筈だ。だが、あっしが言うのも何ですが、あの若い男は人を殺せるような人間じゃあねえ。それを伝えておきたかったんです」

弥兵衛は縋るような目で話を締めくくった。

九

平七郎はその晩、辰吉を連れてつくつく法師を訪ねた。

店にいたのは例の留五郎たち三人だったが、丁度腰を上げたところで、平七郎たちが店の中に入ると、

「今日はお先に失礼いたします」

などとそそくさと帰って行った。

「旦那がお役人だったと知って、みんなきまりが悪いんですよ」

女将が苦笑した。

「夜は明けるを、貰おうか」

平七郎は樽椅子に座ると注文した。

「ありがとうございます。また来ていただけるなんて、嬉しいです」

女将はそう言って酒を二人に出し、

「鮎を仕入れていますが、塩焼き、いかがですか」

にこりと笑って勧める。

「そうか、貰おう」

平七郎は言った。

塩焼きはすぐに出てきた。鮎の焦げた肌に白い粗塩が吹いている。葉ショウガも添えられ、薬味にスダチの切り身が置いてある。

「スダチか……いいな」

辰吉が呟いて箸をとると、平七郎もスダチの汁を鮎に掛けて箸をとった。

「美味い、香ばしい。川魚の生臭さが少しも感じられない」

辰吉は舌鼓を打つ。

「多摩の奥地から川魚を運んで来る人がいるんです。限定品ですが、うちの自慢です」

女将は二人が美味しそうに箸を動かすのを見て言った。

「確かに美味い。だが、箱根の渓流の湯の宿の川魚も美味かったな」

平七郎は言って女将の顔を見た。女将の顔色が変わった。

「おるい、いや、おいさだね」

平七郎は箸を置いて言った。

「ほほほ、私はおるいですよ」

女将は笑ったが、

「もう嘘をつくのはよせ。この辰吉はな、一文字屋というよみうり屋の者なんだが、俺の仕事を手伝ってくれている男だ。この度箱根に行って来てもらったのだが、おくまさんにも会って様々話を聞き、おまえさんがおいさだということは分かっているのだ」

「！……」

女将は驚いた顔で、平七郎を見、辰吉を見た。

辰吉は女将の視線に頷き返して、

「おくまさんは、おいささんのことを案じていましたぜ。おいささんが苦労をしょいこんだ一因は自分にもあるんだって。おまえさんが江戸に帰っておいささんに会ったら、あたしが心配しているってことを伝えてほしいって……」

女将は言葉も出ない。混乱している様子だった。だがまもなく、

「立花様……おっしゃる通り、昔の名はおいさです。でも、立花様にお会いしたあの時のおいさではありません。あの時のおいさは死にました」

苦渋(くじゅう)の顔でおいさは言った。

「おいさ……」

平七郎も言葉がなかった。

なにしろ辰吉の報告の中で、おいさは薬売りに手籠(てご)めにされたあげく子を堕ろし、今また富蔵によって窮地に立たされているのだった。

平七郎の調べでは、富蔵が中に入って、おいさが店を出す金を借りた黒島屋という高利貸しは、当初からおいさを妾に出来るとの話を信じて金を出したのだという。

おいさにその気がないと知って、富蔵にせっついていたようだが、いわば黒島屋も富蔵に騙されたようなものだったのだ。

「お前さんの苦労は想像がつく。十年経てば誰だっていろいろある。十年前の、そのままの人間なんていないんだ。きれい事ばかりで生きてはいけぬ。それが普通の人間だ。思い出したくもないほどの辛い十年だったのかもしれぬが、もう忘

れて前だけ見るのだ」

平七郎は、こんこんと言った。

「立花様……」

おいさの目には、熱いものがこみ上げて来て、今にもこぼれ落ちそうに見える。

「俺の目から見れば、昔のままのおいさだよ。親思いで、何事にも一生懸命で、思いやりのある山奥の純真な娘だったおいさだ。俺は忘れていないぞ。足を挫（くじ）いてお前に手当てをしてもらったことを……。この店の名を知った時、おいさの心は、渓流を眺めながら蟬の声に耳を傾けていた昔のままのおいさだと俺は思ったのだ」

「覚えていて下さったんですね……」

おいさは言って、ぽろりと涙を零（こぼ）した。

「おいさ、俺はだからそなたに尋ねるのだ。大雨が降った夜に、この店をずぶ濡れになって訪ねて来たのは、弟の長吉じゃないのか?」

おいさは、ぎょっとした目で平七郎を見た。

「あの雨の降る夜、親父橋の袂で富蔵とつかみ合い、もみ合っていた若い男を、おまえさんも知っている蕎麦屋の弥兵衛爺さんが見ているのだ」

「………」

「その若い男は、あの日の、まだ日の明るい時分に親父さんの店に立ち寄っていたのだ。その時に、若い男は親父さんに、つくつく法師の店を探しているんだと話していた。その店には会いたい人がいるのだだとな。おいさ、もう一度尋ねるが、あの夜長吉はここを訪ねて来ているのではないのか……」

するると突然おいさの態度が変わった。

「立花様、長吉が富蔵を殺した、そうおっしゃりたいのですか」

食ってかかるような口調になった。

「そんなことは言っていない。尋ねているのだ。長吉に会わせてくれないか。この店にいることは分かっているのだ。お前さんは今日の昼間、古物商に反物やかんざしを売ったそうだが、弟をこの江戸から逃がしてやるための金作りだったのじゃないのかね。俺は富蔵を殺したのは長吉じゃないことを祈っている。だからこそ長吉から話を聞きたいのだ」

平七郎は問い詰める。

「立花様……」

おいさは神妙な顔で平七郎の前にやって来ると、両手を平七郎の前に差し出した。

「何の真似だ」

「富蔵を殺したのは私です」

きっとした目で、平七郎を見詰めた。

「馬鹿なことを……富蔵とつかみ合いをしていたのは、若い男だと分かっているのだ。女じゃない」

厳しい声で平七郎が叱りつけたその時、奥から若い男が走り出て来た。

「姉ちゃん！」

「長吉、駄目よ、逃げなさい！」

おいさは叫ぶが、長吉は平七郎の前に歩み寄ると、

「あっしです。あっしが富蔵を殺しました。姉ではありません」

きっぱりとした声で言った。

長吉は番屋の奥の板の間に座ると、神妙な顔で頭を垂れた。

姉のおいさは色白だが、長吉は日に焼けて頑健な体つきをしている。

おそらく長吉は屋内のひとところで働いていたのではなく、屋外で力仕事に従事していたように見受けられた。

蕎麦屋の親父は、賭場(とば)を渡り歩いてきた男だと言っていたが、少し印象が違った。

「お茶だ、気持ちを落ち着けて話せ」

辰吉が番屋のお茶を持って来て長吉の前に置いてやった。

長吉は、すみません、と小さな声で言った。性悪で人を殺(あや)めるほどの感情の激しい男のようには見えなかった。

「旦那……」

と長吉は顔を上げて平七郎を見た。平七郎が頷いてやると、

「あっしは富蔵が姉と知り合う少し前に、奴のことは知っていました……」

と言った。話は少し長くなりやすがと断りを入れ、

「不忍池(しのばずのいけ)の蓮飯屋(はすめし)で会ったのが始まりです。そこは酒も出してくれる店なんですが、隣の席に座ったことで話を交わし、富蔵とはそれで知り合いになりやした」

二度、三度と会ううちに、自分の身内のことも話すようになり、長吉は父や姉

のことを話した。富蔵の方も昔盗賊だったが今は足を洗ってまっとうな仕事についている、などと話してくれた。

ただ富蔵は、火盗改の手下だということは、話してくれなかったが、長吉はすっかり富蔵を信用するようになっていた。

その富蔵に、面白半分に賭場の話をした時のことだ。いったいどこの賭場に行くんだと聞かれて、池之端の博打場を教えたのだ。しかも一のつく日と五のつく日に賭場は開いていると詳しく教えてやったのだ。

するとその月の十五日の夜のこと、火盗改が賭場に踏み込んで来たのである。道案内をして来たのは富蔵だった。

「あっしは富蔵を見て驚きやした。なんとか捕縛されずに逃れることが出来やしたが、何人も捕らえられたと後で聞きやして……旦那、あっしは富蔵の罠にかかったんです。御用聞きだなんて知らなかったんです。富蔵の片棒を担いだようなことになって、あっしはあの野郎を許せないと思っておりやした……以来博打から遠ざかったのも、そんなことがあったからです」

長吉はそれから日傭稼ぎで暮らし始めた。もともと実家を出てから何をやってもうまくいかず、その場しのぎの日雇暮らしだったのだ。

博打にのめり込んだのは、そんな暮らしに疲れ、思うようにならない世の中に反発するようになったからだ。

だが、富蔵に騙されたことで、奇しくも目が覚めた。

目が覚めると同時に田舎が恋しくなって帰ったのが一年前、ところが実家は人の手に渡っていたばかりか、その買い手も湯の宿は儲からぬと分かってか放置されて荒れ放題になっていた。

父もいないし姉もいない。荒れ果てた湯の宿を見て、長吉は途方にくれたが、昔から世話になっていた土産物売りのおくまに会いに行った。

そのおくまから、父の死や、姉の不幸を聞いたのだ。

しかも富蔵という男がやって来て、弟を捜すのを手伝うのなんのと姉を説き伏せ、江戸に連れて行ったのだと聞いた。

——姉も騙される……。

利用されると長吉は直感した。

富蔵が箱根にやって来たのも、自分が以前に、姉の話をしたからじゃないのかと、長吉は責任を感じた。

それですぐさま江戸に引き返して来たのだが、姉の居所が分かる筈もない。

ただ、富蔵がねじろにしている女の家は昔聞いた覚えがあった。堀江町三丁目で三味線(しゃみせん)の師匠をしている、おみよという女の家だ。

急いで訪ねてみると富蔵は留守だったが、おみよはいた。そして、つくつく法師の店は甚右衛門町にあるらしいと教えてくれたのだ。

そこで長吉は、明るいうちに荒布橋袂の屋台で蕎麦を食べた。腹を満たしてから甚右衛門町に入って探してみようと思ったからだ。

そしたら運良く蕎麦屋の爺さんから、つくつく法師の店の所も教えてもらったが、店が開くのは夕刻からだと聞き、親父橋袂の飲み屋で一杯ひっかけていた。するとそこに、富蔵が入って来たのだ。

長吉も富蔵も互いに驚いた。富蔵は姉が店を出すために尽力したことを恩着せがましく話したのち、

「その折の借金が滞(とどこお)っているんだ。返せないのなら金貸しの妾になってもらうしかねえ」

などと言って鼻で笑ったのだ。

「許せねえ、最初からそのつもりだったんじゃねえのか！」

長吉は富蔵の胸ぐらを摑んでいた。

「立花様……」

長吉はそこまで告白すると、口惜しそうな顔をみせて、

「あっしだけじゃねえ、姉までも利用されてると知ったんです。かっとなって、親父橋袂まで富蔵を表に連れ出しやした。それで、掴み合い殴り合いになりやした。親父橋袂までもみあいながら移動して、そこであっしが、転がっていた木刀を見つけたんです。あっしはとっさにそれを掴んで、富蔵の頭を殴ったんです……富蔵は倒れて動かなくなりやした。あっしは怖くなって、姉の店に走ったんです」

告白を終えて、また俯いた。

「長吉、富蔵を木刀で殴ったのだな。それに間違いないか」

平七郎は念を押す。

「へい、間違いございません」

「それで、その木刀はどうした?」

「か、川に投げ込みやした」

「そうか……長吉、お前は富蔵を木刀で殴って殺したのか」

「へい……嘘偽りはございません。どのようなお仕置きもお受けします」

長吉は、神妙な顔で言った。

――富蔵を殺したのは、長吉ではない……。

平七郎は、辰吉と顔を見合わせてから、

「長吉、富蔵は背中から刃物で刺されていたぞ。お前は本当に木刀で殴っただけなのだな」

「えっ、まさかそんな……あっしは刃物なんて持っていやせん」

長吉は驚いている。

「分かった。ただ、お前が殴り合いをして気絶させたことは間違いない。今しばらく番屋に留め置くぞ」

混乱している長吉に平七郎は言った。

十

あれから五日が過ぎた。

長吉が下手人ではないとしたら、一体誰が富蔵を殺したのか。

平七郎たちの探索は、盗賊武左衛門の倅、仁助を探し出すことに専念していたが容易には消息を掴むことが出来なかった。

橋の点検をしながらだ。探索は骨が折れる。肉体的な疲労を覚えるが、物事が前に進まない精神的な疲労の方が堪（こた）える。

長吉は番屋で自身の罪を自白したことで、まもなく表南茅場（おもてみなみかやば）町にある大番屋に送られていて、大番屋でも調べが終われば小伝馬町に送られる。

小伝馬町に送られる前に、富蔵殺しの下手人を摑まなければ、以後の長吉の調べに影響が出るのではないかと案じている。

まずそんなことはないと信じたいが、殴って失神させただけの長吉が、殺しの犯人として裁かれないとも限らないのだ。

この日も、ままならぬ探索に苛立ちを覚えていた平七郎だったが、夕刻一文字屋に立ち寄るよう知らせが来た。

何か変化があったに違いないと、急遽（きゅうきょ）橋の点検を中断し、一文字屋に赴（おもむ）くと、市之進と豊次郎が伊八を連れて待っていた。

伊八とは、富蔵の威を借りて、蕎麦屋の弥兵衛などから場所代を脅し取っていたごろつきだ。

「平さん、こやつは富蔵から仁助の話を聞いていたらしいんですよ」

市之進が、平七郎の顔を見るなり言った。

豊次郎と二人で、盗賊武左衛門の倅仁助を追ってもう十日にはなるだろうが、噂のひとつも拾って来ることの出来ない二人に、平七郎はもう諦めていた。

同時に、自身で仁助の居場所を突き止めようと決心したところだった。

「平さん、仁助の探索はもう無理だと諦めかけていたところ、ばったりこの男に会ったんです」

豊次郎は、座らせた伊八に視線を遣った。

富蔵の子分のような伊八だったが、富蔵を恨んだり怒りを覚えたりしたことはあるに違いない。さすれば富蔵を殺したいと思ったことだってある筈だ。

市之進と豊次郎は伊八を詰問してみたところ、富蔵には恐ろしくて逆らえなかったが、その富蔵が仁助という男に怯えていたと言ったのだ。

「おい、その話、もう一度話してみろ」

市之進は伊八の背中を強く突いた。

縄こそ掛けてないが、町奉行所の同心に引っ張られて来たのだ。小悪党のごろつきとはいえ怯える。

伊八はびくっとして平七郎を見上げ、逃れられないと思ったのか話し始めた。

「へい、富蔵兄いは、仁助に命を狙われていると何度も言っておりやした。あいつは親父の仇を討つつもりだと……ですから、金を作れるだけ作って江戸を出るのだと、あっしに話していたんですが」

「ほう、その話、いつ言っていた話だ？」

平七郎が尋ねると、

「殺される少し前です」

「すると……今仁助はこの江戸にいるのだな。江戸にいるのを知って怯えていたということか」

「へい、さようです」

伊八は言った。

「そうか……で、お前は仁助って男は、どういう人間か聞いているな」

「大盗賊の倅だと聞いていやす。仁助はいずれ親父の後を継いで頭になる筈だった男だが、火盗改に親父と一味が捕まって死罪になっちまった。仁助はその恨みを俺に向けているんだと……」

「なるほど、だが、自分が火盗改に密告したことで、一味が捕まった話はしていないんだな」

「聞いていません」

平七郎はそれを聞いて苦笑した。

「平さん、こやつの話によれば、富蔵はつい最近、馬喰町で仁助を見たんだと言っていたようです」

豊次郎は言って、そうだなと念を押す目を伊八に向けた。

「へい、そんなことも言っておりやした。それであっしに、馬喰町を一軒一軒調べてみろって……ですが、そんなことを言われてても調べるのは難しい。しょうがねえから、せめて旅籠だけでもと掛け合ってみたんですが、どこの旅籠だって、あっしのような人間の話を聞いてくれる筈がねえ。ほとほと困っておりやした。それでこれを見せましてね……」

伊八は懐から紙切れを出した。

それには男の顔が描かれている。

整った顔立ちだが、額にみみずが這ったような傷跡があった。

「これは……仁助の顔か？」

平七郎は伊八に訊いた。

「へい、仁助の顔を富蔵兄いが描いたものです。仁助の顔には、こういう傷があるんだと。会えば分かると……」

平七郎は、仁助の似顔絵を手に取ると、険しい顔で伊八に言った。

「これは貰っておくぞ、良いな」

翌日から平七郎たちは、馬喰町の旅籠屋を一軒一軒廻って、似顔絵を見せ、仁助が滞在していないか尋ねた。

馬喰町は一丁目、二丁目、三丁目と旅籠屋が多い。江戸の街の中では随一の旅籠の多さである。

泊まり客は、問屋相手の商人や、郡代屋敷で行われる公事(くじ)の裁判で滞在している者、また江戸見物の宿泊人も馬喰町に泊まっている。

いったい何軒あるのか数えてはいないが、一軒一軒事を分けて説明し、協力を得るためには時間がかかり、思うようには進まなかった。

だが、昼も八ツ（午後二時頃）を過ぎた頃、二丁目の旅籠『丸富屋(まるとみや)』で、似顔絵を見せると、よく似た男が長逗留していると言ったのだ。

「額に傷もあるのか？」

平七郎が尋ねると主は頷き、

「この絵のように、はっきりとした傷跡ではありません。うっすらとしたものです」

　と言う。

　今部屋にいるのかと訊いてみると、朝から出かけていて留守だと言った。

「宿帳を見せてくれ」

　平七郎の要求に、主は戸惑いを見せるが、

「こちらでございます」

　その頁を開いて平七郎と秀太に見せた。

　宿帳には、信濃の者で諸色問屋の主、武兵衛と記してあった。

「名は武兵衛か」

　改めて主を見ると、

「はい、江戸に買い付けにやって来た方でございます。ですから毎日出かけておりまして、懐もあたたかい。商人で間違いないと存じますが……」

　宿の主はそう言って、いったい何を疑っての調べなのだという顔色をしてみせた。

「半月ほど前になるが、大雨が降った晩にも、この武兵衛は出かけたのか？」

　秀太が続けて尋ねる。

「雨の日ですか……」

主は聞き返して来た。気が進まない顔だ。だが町奉行所の同心に訊かれては答えない訳にはいかない。

「出かけましたね。ところがずぶ濡れで帰って来まして、びっくりしました」

と主は驚きの顔をして見せた。

「何、ずぶ濡れで……」

秀太が念を押す。

「はい、久しぶりに酔っ払って雨の中を歩いて帰って来たのだとおっしゃって、私も番頭も笑ってしまいました。鷹揚(おうよう)な方ですので、ちっとも慌てた様子もなく、驚きました」

主は笑って見せたが、次の瞬間はっとなって、

「もしや武兵衛さんを何かで疑っておられるのでございますか？」

案じ顔で訊いてきた。

「いや、そういう訳ではない。この絵に似た男がある事件に巻き込まれて亡くなったのだが、馬喰町で見たことがあるという者が出てきた。そこでどの宿に泊まっていたのか調べておるのだ」

平七郎は作り話をした。どんな拍子で町方の探索が察知されるか分かったものではない。

すると主は、ほっとした顔で、

「いえいえ、それなら人違いです。うちで滞在している武兵衛さんは、ぴんぴんしていますからね。先ほど申しましたように、毎日忙しくお出かけです。仕事も片付いたようですから、明日は信濃に帰られる筈……」

そう告げると愛想笑いを送って来た。

「分かった、邪魔をしたな」

平七郎と秀太は、そこで丸富屋を出て来た。

「平さん、間違いないですね。仁助は偽名を使って泊まっていたんですね」

秀太は振り返って丸富屋を見て言った。

「うむ、武兵衛という名も、父親の名の武左衛門から考えたものに違いあるまい」

平七郎も手応えを感じている。

「どうしますか？」

秀太が訊いた。

「明日を待とう。出立したところを捕縛する」

平七郎は言った。

十一

朝まだき、馬喰町の旅籠屋の建ち並ぶ通りは、まだ沈々として夜の明けるのを待っている。

やがて家並みに白い霧の立つのが見え、東の空が微かに明けてきたその時、丸富屋の玄関の戸が開いて、旅姿の男が外に出て来た。

丁寧に見送るのは、昨日いろいろと話を聞いた主である。

男は菅笠をついと上げて主に挨拶すると、力のある足運びで通りを出た。

「いくぞ」

物陰で待ち構えていた平七郎は、秀太と男の後を追った。

男は初音の馬場まで歩いて来たが、ぎょっとして立ち止まった。

行く手から二人の同心が近づいて来たからだ。

市之進と豊次郎だった。

男はすぐさま踵を返した。だが、息を呑んで立ち尽くした。背後からも同心が二人尾行してきていたのだ。

こちらは平七郎と秀太である。

「これはいったい、何の真似でございますか」

男は言った。怯えた様子は少しもない。流石に大盗賊の倅だ。

「武兵衛さん、いや、お前さんは三年前にお縄になって死罪となった盗賊武左衛門の倅、仁助だな」

平七郎が言った。

「仁助……私は武兵衛という商人でございます」

男は切り返す。

「そうかな、その笠を取って額を見せてもらおうか。またそなたが懐に呑んでいる匕首と、その腰に着けている道中刀も見せてもらおう」

平七郎の険しい言葉に、男はじりっと後ろに下がるが、背後には別の同心が迫っている。

「何故だ、私が何をしたというのだ」

男はまだ若いが、声にはすごみがあった。

「知れたこと、お前は仁助だな。大雨の降った夜、親父橋の袂で富蔵の背を鋭利な刃物で刺して殺した。忘れた訳ではあるまい」

平七郎は、ずいと寄る。

「………」

すぐには返事は返ってこなかった。

やがて、窮地に立たされ、逃げる道も塞(ふさ)がれて、男は観念したように笠の紐をゆっくりと解く。

だが次の瞬間、男はその笠を放り投げた。

平七郎たちも一瞬身構えるが、その目が見たものは、男の額に朝日が当たり、みみずが這ったような傷跡だった。

「やはり、仁助だったな」

秀太が言ったその時、仁助は道中刀を引き抜いて、まずは市之進たちに斬りかかった。

「あわわ！」

慌てて躱(かわ)した市之進と豊次郎だったが、仁助は今度は振り返って、平七郎と秀太に斬りかかって来た。

「野郎！」

平七郎はなんなくこれを躱すと、その腕を木槌で強打した。仁助の道中刀は音を立てて落ちた。

仁助は道中刀を拾おうと手をのばすが、秀太が拾い上げるのが早かった。

「万事休す！」

仁助は叫んで、懐の匕首を摑み出し、自分の喉を突こうとした。

「ならぬ！」

咄嗟に平七郎に腕を摑まれ、仁助は地面に膝を突かされる。

平七郎は匕首を取り上げ、朝日に翳してその刃を確かめると、

「血糊がついている筈だ。観念しろ」

仁助に言った。

「殺せ、どうせ殺されるんだ」

低い声で仁助は叫んだのち、

「旦那、もう調べはついているんでしょうが、俺の親父は盗みに入っても一人も傷つけてはならねえと、手下たちに口を酸っぱくして言っていたんだ。ところが富蔵だけはそれを守らないどころか不満たらたらで親父を恨んでいた。奴が親父

も仲間も火盗改に売ったのは間違いない。そうして自分だけのうのうと生きていやがる。いや、そればかりか、町の貧しい人間を脅して金を巻き上げている。だから俺は奴を殺したんだ。親父や手下たちの敵（かたき）を討っただけのことだ、ただの殺人では無い」

覚悟を決めたのか、はっきりとした口調で言った。

「確かにただの殺人ではないが、お前が富蔵を刺して殺したことで、一人の男が下手人と間違えられて大番屋に留め置かれている。今の話を正直に話してくれれば、その男の罪はぐんと軽くなるし、おまえさんの罪だって死罪は免れるかもしれないんだ」

「ふん、まさか……」

平七郎の説得に、仁助は苦笑したが、

「いいだろう。俺の最後の仕事が人助けとは考えてもみなかったことだが、親父は喜んでくれるに違いない。しょっぴいてくれ」

仁助は、いさぎよい声で言った。

「ひとおつ、ふたあつ、みいっつ……」

十日後、長吉は小伝馬町牢屋の門前で五十敲きの刑を受けていた。囚人の敲きの刑は、石出帯刀牢屋奉行、見回り与力、検使与力、徒目付、小人目付が立ち並び、他にも医師に鍵役二人、打役、数役など大勢が出て来て、差添人および引き取り人他、町の見物人も見守る中で行われるのだ。

「四つ、五つ、六つ……」

ふんどしひとつで腹ばいになり、手足は牢屋の小者四人が押さえつけていて、身動き出来ない状態だが、歯を食いしばって耐えている。

引き取り人の中には、姉のおいさの姿も見える。

平七郎と要一郎は、野次馬の後ろから敲きの様子を見守っていたが、

「これでひとまず、ほっとしたな」

要一郎は平七郎にそう言い残して北町奉行所に引き返して行った。

あれから仁助の詮議が行われ、仁助は罪を認めた。それにより長吉の罪は軽くなって、五十敲きの後、江戸追放となった。

そして仁助も死罪は免れた。まもなく八丈島行きの船出となるが、その船で流されることになっている。

死罪を免れたのは、富蔵が誰もが知る悪党だったからだ。

八丈島送りと決まった時、平七郎は一度仁助と会っている。その時仁助は平七郎に礼を述べて、

「あっしには妻子がおります。帰りを待っている筈です。その二人に、あっしが八丈島送りに決まったことと、倅には、親父のなれの果てを見ろ、お前はまっとうな人間になれ、そう伝えてくれませんか」

神妙な顔でそう言ったのだ。

――まずは一件落着だ……。

引き返そうとした平七郎に、

「立花様……」

近づいて来たのはおいさだった。

「ありがとうございました。立花様のお陰で長吉は助かりました。追放になりましたので、箱根にひと足先に帰ると言っております。私もあの店を畳んで田舎に引き揚げます」

おいさの化粧は薄く、紅もほんのりと乗せているだけだ。

「そうか、姉弟であの湯の宿をやるのか」

平七郎は嬉しかった。

「はい、昔のように、あの宿でお客様を迎えます」

おいさは微笑む。

「釣り竿も客のために置いておいた方がよいな。またいつか寄せてもらいたいものだ」

平七郎も笑って言った。

「はい、そういたします」

おいさは頭を下げると、人垣の中に入って行った。

平七郎は、湯の宿でおいさと聞いたつくつく法師の鳴き声を思い出していた。

――あの鳴き声は、殊の外澄んでいたな……。

姉弟の幸せを願いながら、平七郎はその場を離れた。

藤原緋沙子　著作リスト

1	雁の宿	隅田川御用帳	平成十四年十一月	廣済堂文庫
2	花の闇	隅田川御用帳	平成十五年二月	廣済堂文庫
3	螢籠	隅田川御用帳	同年四月	廣済堂文庫
4	宵しぐれ	隅田川御用帳	同年六月	廣済堂文庫
5	おぼろ舟	隅田川御用帳	同年八月	廣済堂文庫
6	冬桜	隅田川御用帳	同年十一月	廣済堂文庫
7	春雷	隅田川御用帳	平成十六年一月	廣済堂文庫
8	花鳥		同年四月	廣済堂出版（単行本）
9	恋椿	橋廻り同心・平七郎控	同年六月	祥伝社文庫
10	夏の霧	隅田川御用帳	同年七月	廣済堂文庫
11	火の華	橋廻り同心・平七郎控	同年十月	祥伝社文庫
12	紅椿	隅田川御用帳	同年十二月	廣済堂文庫
13	雪舞い	橋廻り同心・平七郎控	同年十二月	祥伝社文庫
14	風光る	藍染袴お匙帖	平成十七年二月	双葉文庫
15	夕立ち（ゆだち）	橋廻り同心・平七郎控	同年四月	祥伝社文庫

16	風蘭	隅田川御用帳	平成十七年六月	廣済堂文庫
17	遠花火	見届け人秋月伊織事件帖	同年七月	講談社文庫
18	雁渡し	藍染袴お匙帖	同年八月	双葉文庫
19	花鳥	※8の文庫化	同年九月	学研M文庫
20	照り柿	浄瑠璃長屋春秋記	同年十月	徳間文庫
21	冬萌え	橋廻り同心・平七郎控	同年十月	祥伝社文庫
22	雪見船	隅田川御用帳	同年十二月	廣済堂文庫
23	春疾風（はるはやて）	見届け人秋月伊織事件帖	平成十八年三月	講談社文庫
24	父子雲	藍染袴お匙帖	同年四月	双葉文庫
25	夢の浮き橋	橋廻り同心・平七郎控	同年四月	祥伝社文庫
26	潮騒	浄瑠璃長屋春秋記	同年七月	徳間文庫
27	白い霧	渡り用人片桐弦一郎控	同年八月	光文社文庫
28	鹿鳴（はぎ）の声	隅田川御用帳	同年九月	廣済堂文庫
29	紅い雪	藍染袴お匙帖	同年十一月	双葉文庫
30	暖鳥（ぬくめどり）	見届け人秋月伊織事件帖	同年十二月	講談社文庫
31	桜雨	渡り用人片桐弦一郎控	平成十九年二月	光文社文庫
32	蚊遣り火	橋廻り同心・平七郎控	同年九月	祥伝社文庫

33 さくら道 隅田川御用帳 平成二十年三月 廣済堂文庫
34 紅梅 浄瑠璃長屋春秋記 同年四月 徳間文庫
35 漁り火 藍染袴お匙帖 同年七月 双葉文庫
36 霧の路(みち) 見届け人秋月伊織事件帖 平成二十一年二月 講談社文庫
37 梅灯り 橋廻り同心・平七郎控 同年四月 祥伝社文庫
38 麦湯の女 橋廻り同心・平七郎控 同年七月 祥伝社文庫
39 日の名残り 隅田川御用帳 同年十二月 廣済堂文庫
40 密命 渡り用人片桐弦一郎控 平成二十二年一月 光文社文庫
41 恋指南 藍染袴お匙帖 同年六月 双葉文庫
42 桜紅葉 藍染袴お匙帖 同年八月 双葉文庫
43 雪燈 浄瑠璃長屋春秋記 同年十一月 徳間文庫
44 坂ものがたり 同年十一月 新潮社 (単行本)
45 月の雫 藍染袴お匙帖 同年十二月 双葉文庫
46 ふたり静 切り絵図屋清七 平成二十三年六月 文春文庫
47 鳴子守(なるこもり) 見届け人秋月伊織事件帖 同年九月 講談社文庫
48 紅染の雨 切り絵図屋清七 同年十月 文春文庫
49 残り鷺(さぎ) 橋廻り同心・平七郎控 平成二十四年二月 祥伝社文庫

50　鳴き砂　隅田川御用帳　同年三月　廣済堂文庫
51　すみだ川　渡り用人片桐弦一郎控　同年六月　光文社文庫
52　貝紅　藍染袴お匙帖　同年九月　双葉文庫
53　月凍てる　人情江戸彩時記　※44の改題　同年九月　新潮文庫
54　飛び梅　切り絵図屋清七　平成二十五年二月　文春文庫
55　百年桜　同年三月　新潮社（単行本）
56　夏ほたる　見届け人秋月伊織事件帖　同年七月　講談社文庫
57　風草（かぜくさ）の道　橋廻り同心・平七郎控　同年九月　祥伝社文庫
58　花野　隅田川御用帳　同年十一月　廣済堂文庫
59　つばめ飛ぶ　渡り用人片桐弦一郎控　平成二十六年七月　光文社文庫
60　照り柿　浄瑠璃長屋春秋記（20の新装版）　同年九月　徳間文庫
61　潮騒　浄瑠璃長屋春秋記（26の新装版）　同年十月　徳間文庫
62　紅梅　浄瑠璃長屋春秋記（34の新装版）　同年十一月　徳間文庫
63　雪婆（ゆきばんば）　藍染袴お匙帖　同年十一月　双葉文庫
64　雪燈　浄瑠璃長屋春秋記（43の新装版）　同年十二月　徳間文庫
65　栗めし　切り絵図屋清七　平成二十七年二月　文春文庫
66　百年桜　人情江戸彩時記　※55の文庫化　同年十月　新潮文庫

67 番神の梅　　　　　　　　　　　　　　　　　同年十月　徳間書店（単行本）
68 花鳥　　※8の文庫復刊　　　　　　　　　　同年十一月　文春文庫
69 笛吹川　見届け人秋月伊織事件帖　平成二十八年三月　講談社文庫
70 雪の果て　人情江戸彩時記　　　　　　　　同年四月　新潮文庫
71 雁の宿　隅田川御用帳（1の新装版）　　　同年六月　光文社文庫
72 花の闇　隅田川御用帳（2の新装版）　　　同年六月　光文社文庫
73 螢籠　隅田川御用帳（3の新装版）　　　　同年七月　光文社文庫
74 宵しぐれ　隅田川御用帳（4の新装版）　　同年八月　光文社文庫
75 おぼろ舟　隅田川御用帳（5の新装版）　　同年九月　光文社文庫
76 冬桜　隅田川御用帳（6の新装版）　　　　同年十月　光文社文庫
77 春雷　隅田川御用帳（7の新装版）　　　　同年十一月　光文社文庫
78 夏の霧　隅田川御用帳（10の新装版）　　 同年十二月　光文社文庫
79 冬の野　橋廻り同心・平七郎控　　　　　　同年十二月　祥伝社文庫
80 紅椿　隅田川御用帳（12の新装版）平成二十九年一月　光文社文庫
81 風蘭　隅田川御用帳（16の新装版）　　　 同年二月　光文社文庫
82 あま酒　藍染袴お匙帖　　　　　　　　　　同年二月　双葉文庫
83 雪見船　隅田川御用帳（22の新装版）　　 同年三月　光文社文庫

84　鹿鳴の声　隅田川御用帳(28の新装版)　同年四月　光文社文庫
85　さくら道　隅田川御用帳(33の新装版)　同年五月　光文社文庫
86　日の名残り　隅田川御用帳(39の新装版)　同年六月　光文社文庫
87　鳴き砂　隅田川御用帳(50の新装版)　同年七月　光文社文庫
88　花野　隅田川御用帳(58の新装版)　同年八月　光文社文庫
89　寒梅　隅田川御用帳　同年九月　光文社文庫
90　茶筅の旗　同年九月　新潮社　(単行本)
91　細雨　秘め事　おたつ　同年十月　幻冬舎文庫
92　番神の梅　※67の文庫化　平成三十年三月　徳間文庫
93　雪晴れ　切り絵図屋清七　同年四月　文春文庫
94　青嵐(せいらん)　見届け人秋月伊織事件帖　同年五月　講談社文庫
95　秋の蟬　隅田川御用帳　同年九月　光文社文庫
96　恋の櫛　人情江戸彩時記　同年九月　新潮文庫
97　初霜　橋廻り同心・平七郎控　同年十月　祥伝社文庫
98　藁(わら)一本　藍染袴お匙帖　平成三十一年三月　双葉文庫
99　龍の袖　令和元年七月　徳間書店　(単行本)
100　鬼の鈴　秘め事　おたつ　同年八月　幻冬舎文庫

101　冬の虹　切り絵図屋清七　同年十二月　文春文庫
102　風よ哭け　橋廻り同心・平七郎控　令和二年一月　祥伝社文庫
103　照り柿　※60の文庫復刊　同年二月　小学館文庫
104　潮騒　※61の文庫復刊　同年四月　小学館文庫
105　ほたる茶屋　千成屋お吟　同年六月　角川書店（単行本）
106　紅梅　※62の文庫復刊　同年六月　小学館文庫
107　雪燈　※64の文庫復刊　同年八月　小学館文庫
108　へんろ宿　同年十月　新潮文庫
109　雁もどる　隅田川御用日記　同年十二月　光文社文庫
110　青葉雨　秘め事　おたつ　令和三年二月　幻冬舎文庫
111　色なき風　藍染袴お匙帖　同年四月　双葉文庫
112　茶筅の旗　※90の文庫化　同年五月　新潮文庫
113　竹笛　橋廻り同心・平七郎控　同年十月　祥伝社文庫（本書）

一〇〇字書評

竹笛

切り取り線

購買動機（新聞、雑誌名を記入するか、あるいは○をつけてください）	
□（　　　　　　　　　　　）	の広告を見て
□（　　　　　　　　　　　）	の書評を見て
□ 知人のすすめで	□ タイトルに惹かれて
□ カバーが良かったから	□ 内容が面白そうだから
□ 好きな作家だから	□ 好きな分野の本だから

・最近、最も感銘を受けた作品名をお書き下さい

・あなたのお好きな作家名をお書き下さい

・その他、ご要望がありましたらお書き下さい

住所	〒				
氏名		職業		年齢	
Eメール	※携帯には配信できません	新刊情報等のメール配信を 希望する・しない			

この本の感想を、編集部までお寄せいただけたらありがたく存じます。今後の企画の参考にさせていただきます。Eメールでも結構です。

いただいた「一〇〇字書評」は、新聞・雑誌等に紹介させていただくことがあります。その場合はお礼として特製図書カードを差し上げます。

前ページの原稿用紙に書評をお書きの上、切り取り、左記までお送り下さい。宛先の住所は不要です。

なお、ご記入いただいたお名前、ご住所等は、書評紹介の事前了解、謝礼のお届けのためだけに利用し、そのほかの目的のために利用することはありません。

〒一〇一-八七〇一
祥伝社文庫編集長　清水寿明
電話　〇三（三二六五）二〇八〇

祥伝社ホームページの「ブックレビュー」からも、書き込めます。
www.shodensha.co.jp/bookreview

祥伝社文庫

竹笛(たけぶえ)　橋廻り同心・平七郎控(はしまわりどうしん・へいしちろうひかえ)

令和 3 年10月20日　初版第 1 刷発行

著　者　藤原緋沙子(ふじわらひさこ)
発行者　辻　浩明
発行所　祥伝社(しょうでんしゃ)
東京都千代田区神田神保町 3-3
〒101-8701
電話　03（3265）2081（販売部）
電話　03（3265）2080（編集部）
電話　03（3265）3622（業務部）
www.shodensha.co.jp
印刷所　萩原印刷
製本所　ナショナル製本
カバーフォーマットデザイン　中原達治

Printed in Japan ©2021, Hisako Fujiwara　ISBN978-4-396-34769-7 C0193